劫波渡尽
桃花满坡

我并非
为生活所生

妙芙 著

民主与建设出版社

· 北京 ·

© 民主与建设出版社，2024

图书在版编目(CIP) 数据

劫波渡尽，桃花满坡 / 妙芙著. — 北京：民主与建设
出版社，2018.12（2024.6重印）

ISBN 978-7-5139-2355-2

Ⅰ.①劫… Ⅱ.①妙… Ⅲ.①散文集 – 中国 – 当代
Ⅳ.①I267

中国版本图书馆CIP数据核字（2018）第273431号

劫波渡尽，桃花满坡

JIE BO DU JIN，TAOHUA MAN PO

著　　者	妙　芙	
责任编辑	刘　艳	
出版发行	民主与建设出版社有限责任公司	
电　　话	（010）59417747　59419778	
社　　址	北京市海淀区西三环中路10号望海楼E座7层	
邮　　编	100142	
印　　刷	三河市天润建兴印务有限公司	
版　　次	2019年2月第1版	
印　　次	2024年6月第2次印刷	
开　　本	880mm×1230mm　　1/32	
印　　张	6	
字　　数	180千字	
书　　号	ISBN 978-7-5139-2355-2	
定　　价	48.00 元	

注：如有印、装质量问题，请与出版社联系。

祝你爱得广阔而自由

和妙芙认识，是在我参加一个校园公益活动的时候，那次我受邀给年轻的女大学生分享职场经验，这一年我30岁。

从拉丁美洲回来以后，写了书，参加了一场又一场的新书分享会、见面会，在西安的签售会结束后，我发了一条朋友圈，"这些夜晚，让我看到了十年前的自己。"

嗯，十年前的我，二十岁的模样，也和这些年轻女孩一样，坐在台下，抬着头，看着台上闪闪发光的前辈女性分享她们各自工作、生活、情感的感悟。我在台下听得如痴如醉，心里暗暗想，十年以后，我也要变成台上的她们。

所以当30岁的我，也真的站上了这样的舞台，看着台下更年轻的女孩们有着和当年的我一模一样的、渴望成长渴望变好的神情，我就明白，女生之间，不管年龄的差距有多大，都有一种惺惺相惜。

只有确认过眼神，具备同样内核的人才懂得当下的女孩正遇到怎样的迷茫，有怎样的情绪，她们畅想的未来，是一种什么样的生活。

而这些，是我们的母亲、我们的七大姑八大姨，那些说着女孩子只要稳稳定定，嫁个好老公，生个好孩子，给他们做一辈子的好饭的女性长辈们永远都不会懂的。

也许我们从上学开始，就去到陌生的城市，然后的很多年，辗转过更多的地方，在高楼淹没的CBD里默默许下过心愿，在极其简单的沙县小吃里憧憬过未来，在合租的隔间里加过班，也在陌生的街角喝得酩酊大醉，然后决绝地离开过一个人。

这是我们这一代人的青春。

我们漂泊动荡辗转迷茫，我们把一座又一座陌生的城市当成故乡，我们在一个又一个萍水相逢却又惺惺相惜的人身边停留又离开。

这些时刻，或好或坏，但再难再苦，我们从未失望过。

因为，我们心底藏着一个愿望。

嗯，我从来都不说它们是所谓的梦想。梦想这个词太大了，我们女生并不是靠着多么豪情万丈的梦想活着的，而是靠着我们内心深处一个又一个真实而具体的小愿望活着的。

比如去巴黎看一场日落，爱一个干净而美好的男生，和闺蜜在海边疯玩至深夜，再比如写一本书……

所以，妙芙在一个公益活动上，主动想要认识我，后来她在微信上说能不能给她的新书写一个序，我毫不犹豫地答应了。

因为看到她，就像是看到了十年前的我。

她笔下细碎而生动的情感，看起来像是那个最普通的高中女同学，但这些故事，这些故事背后的灵魂，却是灵气十足，你很难想象她还在人大读书。

《劫波渡尽，桃花满坡》，一个有趣的女孩子的灵魂。

后来，我们不需要优雅地老去，后来，姿态不重要，重要的是，我们真的用力活过，我们要爱得广阔而自由。

孙晴悦

于北京

目 录
contents

PART A
少年不识愁滋味

PART B
而今识尽愁滋味

PART C
欲说还休

PART
为赋新词强说愁

少年不识
愁滋味

那时年纪小

你爱奔跑我爱闹

有天坐在树下睡着了

蝉声悠悠花香飘飘

醒来突然长大了

宠物之信

大概是因为太想念家里曾经养过的那几只哈巴狗，晚上做梦梦见它们挨个儿蹲坐在我的床旁边，瞪着乌黑的眼珠齐刷刷地看我。

我说："你们看我干什么？饿了的话，这大半夜的我上哪儿给你们买吃的去？"

其中一只说："瞧你那点出息，我们想你了，就是来看看你，顺便带了封我们写的信。你慢慢看。"它灵活地用嘴叼给我。

我都惊呆了。

"熊孩子啊，你好好睡觉，以后再睡那么晚，小心我们哥儿几个翻脸不认主咬你。信你慢慢看，我们走了，回家后记得去看看我们。"一只披着白色长毛的京巴语重心长地对我说道。

我想起来了，它的名字叫小小，是一只纯种白色京巴狗，脸平得像被平底锅拍过一样，白色毛发随着它踱步也轻轻地摆动，活到了相当于人类七八十的岁数，还是个头小小的，像一只猫一样。

往事隔海。我的鼻子突然有点酸，最后连再见都忘了说。我惊奇地看着它们从我的身边如同烟雾般逐渐消失。

早晨半睡半醒中，摸到一沓东西，我立刻翻身坐起来揉了揉眼睛，居然真的是几封信。棕色的信封上印着一排狗爪子印，又像一朵朵排排站的黑色小梅花。旁边有一行歪歪扭扭的字："熊孩子，你猜哪个是我的印章？"落款是"小小"。

我说："小小啊，你活了七八年也算是犬界的元老了，这样没点儿严肃劲还要不要面子了？"

于是我很严肃地打开第一个小小的信封，信的内容不多，打开第一张纸，映入眼帘的又是一只狗爪印章。嗨，这些家伙们敢情是第一次写信，对于盖印章这活计居然这么迷恋。我笑了笑，继续往下看（括号内的话是我读信时的心理活动）：

熊孩子诚诚，你好。（果然符合狗的本性啊，不知道信的格式，连个空格都没有，不过我原谅它们了。）

你还记得我不啦？我是花花，就头上有一片白色毛发像闪电的那只。你要是想不起来晚上我就去你梦里咬你。当然，身为一只纯种京巴狮子狗的我对于咬人这样的事是很不屑的。（嗨，你倒是自我感觉良好啊。）

我离开人间好多年了，你知道吗，天上比人间好多了，我也没想过看看你（您老这次想起我来了），今天没啥可玩的了，我寻思着去看看那个我一手看大的熊孩子去。（也倒是，您的岁数搁人身上那可是爷爷辈的，敢情你是闲着没事干才想起我来了！）别不承认啊你，你说从你二年级到你上高二，老子是不是看着你长大的？（哎呦呦，花爷威武，犬别三年，当刮目相看啊！）

我以前老觉得你傻，看你小时候自己坐在那儿玩一天塑料小兵都不带说话的，我那个时候趴在你旁边我就惆怅啊替你担心啊，这孩子是不是傻，长大后可怎么办哟？现在瞅瞅你，哎呦呵，挺好的一孩子，除了肥点，其他的都挺棒的。

说你胖就是胖，别想着打我。女孩子家家的老是要打人，以后怎么嫁得出去啊。话说回来，你小时候也没少欺负我，你敢不承认？（哎呀，谁让你老叼走我的鞋嘛！）我不就是叼走你几双袜子几次鞋吗！你至于踹我两脚么！真是不能做朋友了！写到这里好伤心！简直不想理你了！我先哭会儿去，吃点肉有气力回来再写。

我回来了。我作为一只纯种京巴狮子狗刚才失态了。那时候你一去上学家里就没人陪我玩了。那只猫吃饱了就趴在老高老高的阳台上晒太阳，想跟它说句话都够不着。我就想，要是你没有鞋子穿就不会去上学了，就能陪我玩了，咱俩去草丛里逮蚂蚱玩。可是你怎么有那么多双袜子和鞋啊，呜呜呜，老子藏起来一双，结果你还有别的。没办法，我就只能每天趴在胡同口等你回家（看到这里，要哭了，这家伙居然是煽情高手）。有时候趴着趴着就睡着了，听见一点声响就马上坐起来看是不是你，不是你的时候好失望（我能想象到花爷趴在地上无精打采的样子，头放在两只前爪上）。等到你放学看见你从拐角处背着黑色格子的小书包走过来，我就像是刚啃完一块红烧排骨一样（是啊，那个时候我刚走到拐弯的地方，就看见你撒着欢儿老远就蹦跶着跑过来往我身上扑，拽着我的裤脚又闻又舔。那种场景，简直像失散多年的亲人重新团聚一样）。

我记得你小时候挺爱吃肉的，一点青菜也不肯吃，让你吃点蔬菜像吃药一样。我趴在桌子底下看你啃鸡腿，你说你就不能分我一点啊呜呜呜！馋死老子了！（我仿佛看到了花爷哀怨冰冷的眼神）。

其实我挺喜欢你帮我洗澡的，洗完澡那一身雪亮的毛在阳光下一晒，那感觉真是赛神仙哟，给多少肉骨头都不换！再加上你给我搔痒痒，那是我一生中最快乐的时候。我每次洗完澡都甩你一身水还记不记得啦？哈哈，我就是故意的故意的！你来打我啊打我啊（哎哟你个狗东西，小时候给你洗完澡我必然像从水里爬出来的！可是我打不到你啊）。

每天在胡同口等到你是最快乐的。可是后来有一天我等你等到晚上你都没回家，老子以为你发生什么事了，我连饭都没吃就跑去找你，没找到你只好一天一天地在胡同里等，脾气变得特别暴躁，见谁都想咬（那时我是上高中寄宿了吧）。一个月后，我看见你背着大书包朝我走过来对我笑，还大声地喊我的名字，我快乐得简直要疯掉了（是的，我记得高中寄宿有次回家，这货看见我对我又闻又舔，高兴得汪汪叫之后居然疯狂绕着院子跑了五六圈）！我觉得你变了好多，也不怎么跟我说话了，也不玩那些小兵了，也不藏在那个大柜子里害我找不到了，最可恶的是都不愿意帮我出去打架了！我讨厌那个叫作"高中"的坏蛋，我想狠狠咬死它，这样你是不是就和以前一样了呢？

哎呀，作为一只纯种京巴狮子狗居然说了这么多废话真是一点都不高冷。（您到底是哪里高冷了！）你要是想我了就看看咱俩的合照，在你房间的床头上贴着呢。照片上虽然你抱着我，可是最拉风的，永远是你的花爷！还有，下次回校记得把合照带着，每天想我三遍，不带我咬你！

对了，你最近在跑步减肥啊？每次看见你在操场上跑步累得和狗一样我就好开心哇。还有，偷偷告诉你，你从小时候就胖，喝凉水都长肉，没治。跑步就当锻炼身体了（花爷，我看这朋友是做不成了）。

放假了记得去看看我，还记得我在哪儿不？在你外婆家花园里那棵老梧桐树下，到时候记得说暗号："天王盖地虎，花爷很炫酷"。

再见。汪汪汪，汪汪汪汪。

等我放假啊，回去看你，我会对着那棵老梧桐树下的那块长满青草的小土包说："天王盖地虎，花爷很炫酷。"然后你就悄咪咪地从另一个世界里溜出来，咱俩去草地上逮蚂蚱去。

寒 食

寒食是在清明节一二日之前。

[01]

单单地看"寒食"二字,似乎与姣好的春日毫无关联,反倒有种萧瑟冷清之感。可是小时候的寒食,真的是热闹得很呢。

寒食那天,家家户户的小孩子都跑出来寻找柳树,胆大点的孩子,三五下就爬上一棵粗粗的垂柳,一边折柳枝一边往下扔。我们小一点的孩子,在下面乱成一团,抢那些软软的刚长出嫩黄色叶子的柳枝。

然后抱着这些柳枝跑回家,挨个儿给家里的每一扇门的两边歪歪扭扭地插上或者绑上柳枝,那种认真劲,比看动画片都入迷。

我小时候不懂为什么寒食的时候要在门口插上杨柳枝,晒太阳的老人说,插上柳条,一切坏的都不会进到家里来了。我不懂,只是觉得好玩。

后来长大了,再也没有去做"向门两旁插柳枝"的事了。但后来读的书多一点就明白了,原来是为了纪念一个叫作"介子推"的清风之士。

《左传》上记载,晋文公执政后,对那些和他同甘共苦的臣子大加封赏,唯独忘了介子推。有人替介子推叫屈,晋文公马上差人去请介子推上朝受赏封官。差人去了几趟,介子推不来。晋文公只好亲自去请。可是,当晋文公来到介子推家时,只见大门紧闭。介子推不愿见他,已经背着老母躲进了山西绵山。晋文公便让他的御林军上绵山搜索，结果没有找到。于是，有人出了个主意说，不如放火烧山，三面点火，留下一方，大火起时介子推会自己走出来的。晋文公乃下令举火烧山，烧了三天三夜，大火熄灭后，终究不见介子推出来。上山一看，介子推母子俩抱着一棵烧焦的大柳树已经被烧死了。晋文公望着介子推的尸体哭拜一阵，然后安葬遗体，发现介子推脊梁堵着个柳树树洞，洞里好像有什么东西。掏出一看，原来是片衣襟，上面题了一首血诗：

割肉奉君尽丹心，但愿主公常清明。

柳下作鬼终不见，强似伴君作谏臣。

倘若主公心有我，忆我之时常自省。

臣在九泉心无愧，勤政清明复清明。

晋文公将血书藏入袖中，然后把介子推和他的母亲分别安葬在那棵烧焦的大柳树下。为了纪念介子推，晋文公下令把绵山改为"介山"，在山上建立祠堂，并把放火烧山的这一天定为寒食节，晓谕全国，每年这天禁忌烟火，只吃寒食。

第二年晋文公率众臣登山祭奠，发现老柳树死而复活，便赐老柳树为"清明柳"，并晓谕天下，把寒食节的后一天定为清明节。

从此，人们在介子推抱柳树而死的这天禁火插柳。

知道了这个故事以后，就觉得这个冷清的节日又多了一份壮烈悲情的意味。

[02]

这个时候的天气很好，阳光也很温柔，有些植物也长得很好。

有一种植物，叫作"榆钱"，一簇一簇地挤在枝条上，远远看去，像古时候串起来的成串的青铜币。折下来一枝，对着一簇榆钱直接咬下去，口齿间就溢满了一种若有若无的清香，大概是春天的味道。

我今天把榆钱的照片发给我一个在异地的朋友，他说，想吃榆钱窝窝了。把摘净洗净的榆钱揉到面粉里，上锅蒸熟，拿出蒸屉时，就像一个跑了很长路的人，汗津津地冒着汗气。小时候弃之如敝履，现在却对它多了一种别样的感情。

待插完柳枝，吃了榆钱窝窝，小孩子们便各自揣着一个煮熟的鸡蛋去学校了。到了学校里，每个人开始打扮自己的鸡蛋，拿出水彩笔，在上面涂涂抹抹，有的还写上字：常胜将军。

然后，就开始碰鸡蛋了。谁的鸡蛋壳硬气，谁就越厉害，被碰碎鸡蛋的小孩哭丧着脸，要么把鸡蛋送给赢的人，要么自个儿找个没人的地方愁眉苦脸地吃掉自己的"常胜将军"。再硬气的鸡蛋，遇上耍流氓的，比如那些威风凛凛拿着鸭蛋或者鹅蛋的人，也要自认倒霉。

我吃早饭的时候，在桌子上轻轻磕了一下鸡蛋，慢慢地剥着壳，想起了很多年前，遥远的、逐渐变得越来越模糊的寒食。

还记得那些年的寒食，我坐在班里的小凳子上，用彩笔认真地在白色鸡蛋上画满彩色的线条和花朵，一笔一画。然后拿着自己的鸡蛋，托着腮看前排的小男孩们绷紧了神经，睁大眼睛看着两个鸡蛋碰撞的那一刻。

现在，连杨柳都已经没有人再去折了。想必，介子推也很寂寞吧。

进击的村庄

回到外婆的村庄，从车窗里瞧见路边以前那个矮塌塌如同一个驼背老头似的房子没了，取而代之的是一幢水泥新房子，刚建好，年轻得很，因此也意气风发，像是之前的那个老头在我没有回来的时间里偷偷返了童似的，我觉得既陌生又熟悉。

先前在路上，就听舅舅说村里又一个老人去世了。我每年过年回家，除了身边环境的变化，伴随着环境变化的还有老人的离世。那个老人只存在于我很久以前的记忆里，按辈分来讲，我喊她一声妗子。她年轻的时候，经常端着一盆衣服来外婆家这边的小河里洗衣服，洗完的衣服夹带着水分，就变得有分量起来，当她抱着装满衣服的水盆回去的时候，走得极慢，一点一点地，等我用外公的酒盅装满土，做了一堆泥土小馒头之后，她的背影才消失在路的拐角处。刚听闻这个消息，我并无吃惊，想必是时间久远，走动不多，故人早已经成了陌生人，甚至多些感慨：也许离去，对于晚年疾病缠身卧床不起的她来说，可能是种解脱吧。

一个老人的离世是一座图书馆的消失。

村庄里19世纪的老人越来越少了，坐在卫生室水泥台阶上晒太阳的老人没有了，大柳树和小土屋也没有了。幼年时的村庄是诗人笔下的田园，每个季节都有色彩，房屋后面都长着小野花，秋天的时候有一大片一大片的野菊花，夏季的时候整个池塘都被荷叶满满当当地填满，冬天的时候跟着邻居家的小哥哥去冰上滑冰、抽陀螺、凿冰块钓鱼……现在的村庄是灰白色的，到处都是水泥地，大树也很少了。有时候看见小孩子在新建的广场上百无聊赖地一遍又一遍地玩着健身器械或者攒一堆低着头看手机，就觉得他们真是可怜，他们远远不会懂得在田野上和小狗一起奔跑、打滚、捉蚂蚱、追蝴蝶的那种快乐了。

时代的巨轮滚滚前进，总有些东西跟不上步伐，要被碾于轮下。我怀念儿时欢乐的同时，也深深地庆幸这个古老村庄的变化。那些祖祖辈辈面朝黄土背朝天的人们，和土地相爱相杀了世世代代，终于做了土地的主人，昂首挺胸，威风凛凛，开着大机器在一望无际的麦田里前进，麦子和土地都俯首称臣，心甘情愿地交出自己的果实，一声也不敢吭。

蛰伏了那么久的村庄，像是睡醒了一般，伸了个懒腰，准备起来大干一场了。

村庄里出现的新的小孩子，许多是我不认识的，或许他们的父母，我还熟悉一些。抓一个小孩子问一句，他用手背抹了一把鼻涕，答道："爸爸妈妈去赚钱了！我和爷爷奶奶住一块！"

然后又接着跑去和一堆小孩子玩耍了。

……

冬天的风又高又远，站在院子里，听见高空中的风盘旋呼啸的声音，像是有人吹起了刺耳的哨子。天空中看不见一只飞鸟。到了晚上，冬天的夜晚居然比白天显得更暖和，远处传来隐隐约约的扭秧歌的鼓点声，离得太远，像空气中若有若无的花香似的。整个村庄被大风刮洗了一天，风停了后就异常安静和澄澈。街道上没有车，只有几家橘黄色的灯光从窗户里透出一道来，路灯安分守己地只照着自己面前的那一亩三分地，偶尔有一两个披着大衣抽着烟的村民走过，洒下一路的咳嗽声。

天空变得更低了，低得像是紧紧贴着白杨树的树梢，仿佛全凭白杨树顶着才不至于落下来。天上有许许多多的星星。我在城市里生活了五六年，几乎没见过这样干净的天空和如此清晰深刻的星星，于是仰着头辨认北斗七星和天王星。星星太多了，每一颗看起来都争强好胜一样，各自都鼓足了劲儿熠熠生辉。看得久了，你会发现星群开始缓慢流动起来，非常非常慢地流动——那一刻，突然理解了梵·高笔下的星空。

一切都不同了，唯一不变的是永恒的星空。可能有一天，连星空也看不到了。那时候的人们会更幸福吗？

我知道有一天我也将要老去，这个村庄将会属于更年轻的人和他们的孩子，那时候的村庄又是什么样的呢？没有了田园之乐，只希望，还能看到一片星光。

落雪之日

　　这几日的苏州，雾气弥漫，天地几乎融为一体，亲密无间，空气里有扯不断理还乱的暧昧感。据说过几日会落雪。对于苏州这种处于亚热带的小城，要落雪大抵需要天公费劲酝酿一阵。于是突然想起来北方的雪，故乡的雪，毫无保留、飞扬跋扈的雪。川端康成写道，"穿过县界长长的隧道，便是雪国。夜空下一片白茫茫。"而我要回到那些纷纷扬扬纯真无瑕的大雪里，则需要穿过那些暗自流动的光阴和明明灭灭的记忆。

　　幼年的我在北方的农村度过了少年时代。那时的学校极尽严苛，小学三四年级的孩子，也要上早读，早晨五点半多，就得从被窝里爬出来，眯缝着眼，从洗脸盆里掬一捧水胡乱地往脸上一抹就算是洗脸了。然后带着零星睡意走着去上学。最讨厌冬天去上早读。冬天的时候，五点多的天漆黑得让人心慌，黑暗把一切盖得严丝合缝，一点光丝儿都透不过来。院子里的大公鸡叫了几声，狗象征性地吼了几句就没有下文了。白天里的石子堆、草垛、大石头、祠堂门口的狮子，居然借着凌晨的黑暗耀武扬威，它们在黑暗里看不清样子，一个个的，像一个伏着的怪兽正在虎视眈眈。每次我去学校上早读，总被路两边堆着的东西吓得连大声呼吸都不敢，一路疾走。

　　如果下了雪，一切都不一样了。大公鸡还没来得及打鸣，我就已经穿上衣服打开门外的灯跑到院子里了。那时的我，那样的我，一个小小的我，仰着头，站在院子中央，望着从一望无垠的黑暗里大把大把落下来的雪花。北方的雪又肥又润，一朵朵洁白的雪花慢悠悠地散步似的一摇一晃地飘下来，用手接住，能看见雪花的六个枝杈和枝杈上细腻茸茸的小冰刺。看着这样的雪，这样看着下雪，什么都想不起来，就觉得高兴。想满大街地跑，想转圈，想就地躺下打几个滚，想把所有还在沉睡的大人从被窝里拽出来一块看雪……

忽然像是想起来什么，转身跑回屋里，背起书包就往外走。心里又高兴又着急，怕大路上积累了一夜的雪被人践踏了，于是走得飞快，虎虎生风。新雪踏上去，有一种轻微的嘎吱声，像是骄傲的雪瓣被踩后心碎的声音，人听了却有一种愉悦感。那些曾经像是怪兽的家伙们，在雪花的装饰下，此刻都变成了毛茸茸的白胖子，圆滚滚地闪烁着可爱的光。

长长的大路上铺着平整的一层雪，我小心地踩上去，慢慢地走，走几步还要回头看看脚印得好不好看。像小孩子得到一块美味的糕点，舍不得一下子吃完，就一小口一小口地从边边角角开始吃。清晨五六点钟，大路上几乎没人，只有慷慨的雪和风。天上居然还有月亮。现在回想起来，那是多么奢侈的经历啊。大地一片茫茫，一切寂静，一个人立于风雪之中，那时不懂"世间有大美"，只是呆呆地张着嘴看着自个儿眼前的一幅严寒雪景，任凭北风灌了一肚子。

一切安静，只有簌簌的雪声。雪下得猛烈又厚重的时候，就有一种如风吹竹林，竹叶相互碰撞的隆重而又细微的声响，毫无壮烈之势，却能让听到的人感受到冰封地冻的凛冽。抬头仰望，天空是一种稍显沉重的蓝色，轻轻地扣下来，和远处的白色田野混为一体。天空好像变得很矮很低，淡黄色的月亮就挂在夜空的边际，摇摇欲坠。大朵的雪花从未知的上空毫不吝啬地挥洒下来，在月光下镀上一层柔和的光，看久了，眼前的雪不是纷纷鹅毛，也不是满树梨花，是天上白色的星星，一把一把地坠落下来，多得难以置信。

上完早读回家吃饭，路上人就多了起来。大路中间的雪被踩化了，又结成冰。大路两边是白雪覆盖的足有一人深的排水沟，冬天的时候没有水。风大的时候，我们就从路上滑到沟里去走，长长的风从我们头顶呼啸着过去。雪下面全是枯草，踩上去软绵绵的。在排水沟里走路，又暖和又舒服，于是所有的小孩都不好好走路了，都跑到排水沟里，一串一串的，像未燃的鞭炮。

那时我有个伙伴，每天早晨她去我家叫我一块上早读。五点多的天，还未亮透，她自己一个人在依旧浓重的夜色里摸索着走一段路然后敲门叫我，有时候还要等我起床，她就那样站在我家门外，孤零零地忍受着寒风，还要面对着那些夜色中的伪装成怪兽的家伙们。

我现在想起来，突然觉得心疼，她比我大不了多少，却以一个姐姐的角色对待我。不下雪的时候，她牵着我的手，尽管一片黑暗也觉得无畏。下雪的时候，我们捧着雪团在雪地里互相攻击追逐，谁不小心滑了一跤，爬了半天起不来，对方肯定要笑得前仰后合，最后还是会过来拉一把，然后又小心翼翼地并排走着上学去。

我们曾在一起走过漫天大雪，并且坚定地相信我们以后也会在一起。年幼的孩童想不到很远的事情，所谓的未来也是虚幻到看不清形状。我们从寒风中走出来，抖落身上的雪，互相拂掉头发上的冰碴，却不会知道以后天各一方。拍打在脸颊上的风雪像是北方冬天的吻，热烈而冷酷。我们只剩这个吻了。后来听闻她结婚生子，我也再没见过她。

北方又落雪了吗？雪花满身晶莹风尘仆仆而来。我站在雪地里，一直沿着大路走啊走啊，雪把我的影子掩埋起来，风干了，摇晃着挂在我身后。我在雪地上跑起来，地上的积雪被带起来又迅速落下，像小鸟在水面掠过振翅沾水又急速飞起的瞬间。雪落在脸上，凉凉的。我继续跑着，还有什么是没有感受到的不曾触及的呢？风花雪月，月朗星稀，柴门犬吠，一夜星子落尽，满树梨花。这场雪没有尽头，我走着，如雪花般，长久地漂泊着，这时，有人从我身边悄悄地走开了。走了一段路，又有人离开了。在风雪之中的路上，我独自前行，亦成为风雪。

蚂　蚁

有一天晚上，躺在床上瞪着天花板的时候，突然想起来一种古老而渺小的生物——蚂蚁。就像想念一个久未谋面的故人一般，在脑海里拼命搜索和蚂蚁有关的记忆。

嗯，童年里的蚂蚁，是比一粒黑芝麻还要小的存在，人得使劲蹲下去，伸手去捏，结果只捏起来一手泥，于是只好寻个树枝棍或一片叶子，悄悄地放到蚂蚁前头去——即使这样，有些蚂蚁还会抬头左右看看，在异物面前踌躇一会儿，才心事重重地爬上去。这个时候，把棍举起来看，才能看清这个小家伙。

它的眉眼我记不清了，或许从未看清楚过，只记得有一对灵敏的触角，时刻运转着，搜索着食物的气味。眼睛可能是亮晶晶的吧，也可能只是个摆设，毕竟在它黑暗潮湿的洞穴里过活，从来都不是靠的眼睛。

蚂蚁很好玩，很勇敢，它经常能衔着比它自己的个头大好几倍的东西沿着既定路线返回蚁穴，有时候找着的食物太大，衔不动，它就倒着走，用嘴拖着食物前进，或者走走停停，就像背负重物的人，走一会儿歇一会儿。有时候看见水泥地上有个小白点在晃晃悠悠地前进，跟个闲逛的胖少爷似的，蹲下去一看，这白胖少爷原来是粒饼干屑呀，下面一只小蚂蚁正奋力前进呢。小时候调皮，吃饼干的时候一边吃一边往地下漏饼干屑，不一会儿，就有几只蚂蚁过来，围着饼干屑探头探脑的，先试探一番，然后开始光明正大地把食物搬回家，有只蚂蚁急匆匆地回家喊帮手，一路埋头狂奔，前面横亘着树枝叶，它能一鼓作气地爬过去，有种翻山越岭的悲壮。

它们合力把饼干屑往家搬，我在后面跟着他们，到了蚂蚁穴洞口，看它们把食物往洞里扔。洞口堆了一小堆细细的土，还有一小堆一小堆的小泥团，看来这内部又是搞装修扩大门面了。蚂蚁们像把石头扔进井里一样，轻而易举地把食物推进了洞里。

有时候蚂蚁也过得很惨。先不说夏天的时候，尤其是北方的夏天，大雨来得又急又大，在路上狂奔的蚂蚁来不及回到洞里，就会被浇成落汤蚁，甚至有可能被淹死在水洼里。而蚂蚁穴有时候来不及堵住封好，就会被大雨毁于一旦，防御工程被冲了个干干净净，家里老小不知死活。雨稍微小一点儿，打着伞走出去，在不少地方能发现淋雨的蚂蚁，落叶的叶梗上，空地里，还有从水洼里奋力往外爬的家伙，有时候我看不过去了，会把它一把捞出来放在地上，它从水里出来在空地上晾了一会儿就又满地跑了。等到晴天的时候，蚁穴旁边开始聚集着一堆蚂蚁，有不少湿泥团被运出来——我猜它们是工兵蚁。

除了夏天的大雨，还有人类的打扰。春天的时候栽树，一铁锹铲下去，用的力道重，翻出土来，带出来一些斑斑点点的白色的东西，一看就知道是挖到蚂蚁的穴了，那些白色的东西，是蚂蚁卵，乳白色的卵晶莹而剔透，能隐约看见里面被包裹住的黑色的幼虫。如此一来，蚁后要在家里哭天抢地吧。

淘气的小孩子，为了实验放大镜的聚光效果，会在家里抽屉里寻来一把放大镜，对准一只可怜的蚂蚁，阳光透过玻璃镜聚成耀眼的一点，这一点又全部集中在一只极其弱小的蚂蚁身上，太阳光毒辣的时候，蚂蚁很快就不动了。小孩子们嬉笑着四下散去，谁也不知道一只蚂蚁就这样死于非命。

蚂蚁的哭声太小，自古以来，人类都是听不见的。

除了这样的黑色小蚂蚁，还有一种淡褐色的大蚂蚁，个头儿比小蚂蚁大多了，人不用蹲着都能看清它的身子，它住的地方也比小蚂蚁豪华，一般在水泥台阶的缝隙里或者裂缝处，爬行速度也极快，简直是窜来窜去的，也不咬人，不小心爬到人衣服上，胳膊上，它自个儿倒吓得乱窜，撵下去之后，人也没有什么不适，不像另一种黑色小蚂蚁，尾部是尖的，爬到人身上，非得给人留个红疙瘩，还伴有一阵一阵的刺痛。这是别话了。

相比于活泼的小蚂蚁，它像一个有点木讷的壮汉，是家里的顶梁柱，平日里只顾闷着头干活，四处奔波，见惯了风雨，看透了世事，话少，极其沉默。我想，或许这些家伙也会在跑累了的时候点根烟抽一口吧。然后彼此笑笑，又开始干活寻找食物修建蚁穴了。

无论是大蚂蚁还是小蚂蚁，我这几年都很少见了。被尖尾蚂蚁咬到后，人一边全身挠一边朝身边人大喊"快来帮我看看是不是有尖尾蚂蚁作怪"的窘迫我也很少见了。故乡现在的人们都肥头大耳的，餐桌上掉下来一块肉都够蚂蚁吃一辈子了，日子不应该辛苦。或许是我离家太久了，我回家的时候，正好和蚂蚁们擦肩而过。

想着蚂蚁，就难免想到了无忧无虑的童年，那样短暂而美好的日子，再也回不来了。那些故乡的夏日，池塘的荷花，午后肆无忌惮的酣睡，小朋友的约定，雨天的奔跑，永无止境的想象，那个小小的我，都再也回不来了。

我怀念蚂蚁，其实我是在怀念我自己呀。

如果我有很多很多钱

小时候，我一直对一个童话故事念念不忘。这个故事说的是一个叫珍妮的小女孩，拿着父母给的钱去买甜甜圈，在回家的路上，一只乌鸦飞过来把她的甜甜圈吃掉了，担心回到家被妈妈责骂，小珍妮就难过地哭了。

乌鸦说："你别哭了，我送给你一朵能够实现愿望的七色花吧。"珍妮接过七色花，撕了一瓣，结果不小心被风吹走了，接连几片，都没有实现愿望，只剩最后一片花瓣了，珍妮小心地许了愿望："我想要两个甜甜圈！"

当时我看完这个故事之后，就在心里想，这个小孩子好傻啊，为什么只要甜甜圈呢？甜甜圈吃完就没有了，简直是对七色花的浪费！于是每天晚上躺在床上的时候我就在想，如果我有一朵七色花，我就能实现七个愿望。翻个身，我掰着手指头数，第一个愿望，要很多很多钱吧，一屋子的钱，从地板一直摞到屋顶上，塞得满满的，一开门就能抽一张票出来，去买东西就可以了。那时候我的零花钱不多，顶多是一块五、两块，买个五毛钱的奶油雪糕都要再三思量，一狠心买了一块，躲在树荫底下一边吃一边肉疼，要是我有很多很多的钱，我就可以买很多零嘴儿，说不定还能把我们学校的小卖部整个都给买下来呢。这样想着就特别开心，就跟自家后院的屋子里真的藏了满满一屋子钱似的。

然后再接着想第二个愿望，那就是想要很多很多的连衣裙，得是世界上最漂亮的连衣裙，能装满一屋子的连衣裙。我曾经有一件白色的连衣裙，但是因为我个儿太矮，根本撑不起来，我妈转手就把它送给了亲戚家的一个女孩子，从那以后，我对于连衣裙有一种近乎疯狂的偏执。第三个愿望是要一屋子的牛角面包，烤得淡黄色的表皮上涂着黄油还带着夹心的牛角面包。有一次，我妈给我买了一袋牛角面包，我自个儿舍不得吃，就天天搁橱子里捂着，最后实在忍不住了，打开玻璃纸一看，松脆的牛角面包已经干得硬邦邦的了，我哇的一声哭了出来，委屈得很。

这么想着想着就困了，眼皮开始发沉，闭上眼睛，脑子的运转速度也慢下来，第四个愿望是什么呢，挠了挠脑袋，突然一机灵，我已经有很多很多的钱了，我可以想买什么就买什么，干啥还费尽心思地想啊，我也是个傻孩子！剩下的愿望都要钱好了，把我们家所有的房间都装满！转而又想，钱把房子都装满了，我们家里人住哪里去呢，住在院子里吗？心里居然有一丝愁虑，于是勉为其难地说服自己，那留一个房间是空着的好了。

我时常幻想自己有一朵七色花，想实现的愿望也随着成长改变着，每次开始想第一个实现的愿望，一定是要有很多很多钱，有时候还会省出一个愿望来留给那些山区儿童——我在书上看过，他们的日子过得太艰难了，所以我最后一个愿望是让所有在山区的小孩都有钱吃饱饭去上学。我那时候为自己这样深明大义的决定觉得尤为自豪，我觉得自己太善良了。

我突然发现钱真是个好东西，只要有钱了，似乎就能解决很多问题。于是我问我妈："妈，你看电视里有那么多人吃不饱饭，国家为什么不多印点钱发给他们，好让他们去买东西吃呢？"

忘记了我妈是怎么回答的，那时候我是不懂一些道理的，只是每天幻想着，能有朵七色花。后来读了外国童话，发现还有一个能够实现人愿望的阿拉丁神灯，于是又幻想着自己有个灯，灯里住着一个灯神，我让它实现什么愿望它就给我实现什么愿望。

等到后来长大了，像我现在这样的年纪，虽然已经明白了童话里讲的都是哄小孩的东西，天上不会掉馅饼，王子打败恶龙拯救了公主然后在一起也未必能幸福，但有时候，还是会做一点白日梦。尤其是出门在外的几年里，经历了一些灰暗、艰难的日子，渐渐懂得了人情凉薄，就想着要努力赚很多很多钱，自己活得独立——我不麻烦谁，也请别人不要来麻烦我，一个人每天看花逗猫看月亮就够了。

特别累的时候，就允许自己发个呆放空自己，想着如果我有很多很多钱，我就在某条美丽又干净的街道上买一座临街的房子，带着院墙，不高，路过的行人能看见院子里种的满架蔷薇。进了院子，是用石子铺的小路，路两边是竹林和流水，风一吹过，就发出簌簌的声音。再往前走，门口卧着一只大金毛和一只牧羊犬，它们身边可能还依偎着一只肥胖而忧郁的加菲猫。它们见人走过来，就站起来摇着尾巴，低头嗅嗅你身上的气味，若是熟人，就轻轻地扑上去舔舔你的手，若是闻着陌生的气味，则要弓起身子竖起耳朵低吼两声以示警告。

进了房间，能闻见阵阵清香。阳光从高大的落地窗里倾泻进房间，流了一地。选个舒服的座位，靠上去，什么也不做，就闭着眼睛，都会觉得令人满足。坐够了就去门口的酒柜里选一瓶酒，独酌也是好的。要不来杯咖啡也行。或者在书架上拿几本书翻着看看，反正闲着也是闲着。要是坐不住，就起来四下走走，反正地方够大，你可以看看墙上相框里陈列的小物件，那一定是我自己做的小耳坠、小耳钉、手链儿什么的，不图卖钱，挂在那里亮晶晶的，甚是好看，就图个玩。要不就在花架上的花桶里选几枝花，桔梗的花骨朵圆鼓鼓的，雏菊仰着一张呆萌的小脸……拿给我，用玻璃纸给你包了，系上好看的丝带，要是觉得聊得来，说不定就直接送给你了。

要是还有兴趣，你还可以看看另一间房子里陈列的衣服，请了做衣服的师傅，按照客人给的图纸或者是我自个儿瞎设计的版式，一针一线地缝着，每件都是限量版。你可能得说，这多费钱啊，没事，不是说了有很多很多钱吗？有钱就要造作呀，不然还有什么意思？

除了这些，还有间做蛋糕甜点的小地方，要是不介意，可以围上围裙来烤个蛋糕，蛋糕烤得多了，就送给福利院的孩子们去。

不想在屋里待了，就去外面花架下的秋千上荡悠悠，蔷薇开得极盛，我也不修剪，就任凭她四处地长着，爬到墙头外面去，还有其他的花，先暂时不想名字了，肯定要种很多很多的花。一天天的，不用上班，也不用处理人情世故，开心了就营业，不开心了就到处跑着玩，偷着乐呢。

……

有时候这么想着想着，自己都能笑出声来，无端端地，倒把身边人吓了一跳。你说能实现吗？我自己有时候也觉得够呛。后来想，即使不能实现，它也是我对余生的一种向往。这么想着，我就觉得自己还有个理想，它们是跳动的火苗，在我的血液底下燃烧，从未冷却，丰盛而野性。

有些事情要先去相信，才会发生

我觉得没有以前对自己狠了。往前推一两年，我是拼了命地对自己苛刻，靠着吃没有一点儿油星的水煮菜和每天晚上去操场上跑五公里，硬是在三个月里从将近一百三十斤瘦到一百斤。

我还记得那时候每天中午去食堂吃饭，对麻辣烫窗口的阿姨说："阿姨，不麻不辣，菜里什么都不要加，也不要米饭。"阿姨脸上浮现一种"有人来砸场子"的疑惑表情，但没说什么。一会儿，她给我做好一份不麻不辣的麻辣烫，然后倚在卖饭的窗口，继续疑惑地看着我一口一口地吃完。

你问我饿吗，饿。真的饿。尤其是晚上跑完十几圈，躺在床上，饿得前胸都快贴到床板了，眼睛盯着天花板睡不着，想着各种遥远的美食吞口水。实在忍不住就爬起来咕嘟咕嘟地喝上几大口水，肚子里饱了，困意才上来，然后沉沉睡去。

三个月后，我一百斤。在路上看见以前社团里的学姐，便走上去打招呼。学姐愣了一下，站在原地反应了好久，才回答我："你……你怎么瘦了这么多啊？"我风轻云淡地笑笑，深藏不露。

我瘦了以后，确实进入了另一个世界，不再那么自卑了，也不再因为胖而畏首畏尾。但我后来松懈了一些，又胖了不少，然后断断续续地减肥也一直不如意，所以就愈发怀念那些对自己"狠"的时刻。想不起来是什么支撑着几年前的自己忍耐着减肥的痛苦瘦下来，每天只是跑步的时候抱定"一定要瘦"的信念。也许就是那样的信念支撑着我。可能就是在那个时候埋下了一颗这种信念的种子：想要做成一件什么事儿，你首先要去相信，然后尽人事，它才会发生。

小学二年级的时候，我的语文试卷上看图说话这道题经常得满分，每次写的试卷上都盛不下，别的小朋友就寥寥几句话。我把当时的试卷钉起来，厚厚一沓，很有分量。我怀着一种小孩子的得意与天真在封面上写下"这是一本天才儿童写的书"。那时候的自我定位还带着"初生牛犊不怕虎"的意味，虽然后来又悄悄划掉了那句话，但是已经在心里隐隐萌生出这样的信念：以后，我一定会有一本属于自己的书。

那本试卷合集早已经不知去向，我也只是不间断地写着些称不上作品的文字，记录一些少年人的悲喜忧欢，享受着构建属于自己的文字帝国的快乐。就这样写着写着，就有编辑来找我签了合同，然后有了属于自己的第一本书。所以经常有人问我：你教教我，怎么才能出版自己的书啊？我没法回答，我总不能告诉他，我只是相信这件事会发生，然后怀揣着这样的信念义无反顾地写而已吧。公众号刚开始的时候关注的人只有七八个，现在关注的人也不多，但我还是觉得，总会有出头的那天，一定会被更多的人看到，不必急，坚持写就好了。

考研的时候，我当时在北大和人大之间纠结，考北大大概要看将近二十本书，考人大需要看的专业书少一点，对比了一下，我大手一挥，那就考人大吧！后来我妈说我那种语气就像俩学校都能考上随便让我挑似的。选好学校，就开始复习，那确实是一段能够感动自己的日子。

2016年夏天，天津下暴雨，整个学校如同漂浮在水面上的无根岛屿，天地昏暗如晦，学校的街道全都沉没在水里，我顶着风雨蹚着水去自习室，伞被风掀起来成了头上方的摆设，眼看着死鸟从脚边漂过去。偌大的学校没有一个人，我坐在自习室的一角，听着窗外的风雨声，觉得自己坚定得像个镇宅的石狮子。至于考上考不上的问题，也没有想过，我只知道这是一件好的事情，干就完事儿了，往前奔就完事儿了，坚持下去，即使不成功，也是一份独特的经历和体验。

也许怀揣着"美好的事情一定会发生"的信念，就如同冥冥之中有了指引一样，该做什么不该做什么，心里明白得很。越相信，就越有勇气去面对，就越有动力去实现，就会离希望发生的事情越来越近。

现在的我又要走上漫漫减肥路了，也要面对越来越多从未接触过的事情，但是不像之前那样急于求成了。反正我知道自己是一定要瘦的，一定会瘦的，一定要管住自己，一定不能输给自己。

生活里有很多甜的时刻，但在不甜的时候，一定要抓住点儿什么东西才能捱过去。手里能握住的、能掌控的，就是你心里怀着的一种美好信念，你一定要先去相信，相信它会发生。

少年弟弟

　　我在微信上给他发消息，我说："我要在新书里写你了，给个意见，不回就当是默认了。"我等了很久，也没见他回过来，几行消息就直愣愣地在屏幕上待着，怪可怜的。我倒是习惯了他的这种沉默。不知道从什么时候开始，我们亲密无间的姐弟关系，变成现在这样的陌生，彼此在各自的生活里跟不存在似的。想起他来的时候，我就会去联系人列表里找到他，然后点开他的头像，再点开朋友圈，看一下他的朋友圈封面和签名变了没有。一条横亘在屏幕上的灰线像是我和他之间的一道沟。

　　他是我表弟，比我小三岁。小时候我住外婆家，俩人一块长大，于是和其他表兄弟比起来就更加亲密。上小学的时候，班里同学互相炫耀自己的弟弟妹妹，我过去插上一嘴抢话："我也有弟弟。"然后别的小朋友问："亲弟弟吗？"我回答："亲弟弟。"边上的小朋友又问："是一个妈妈生的吗？"一瞬间我有点儿茫然，迅速明白了"亲弟弟"的含义，于是一边干巴巴地笑，一边解释："那个，我们俩从小一块长大的，就跟亲生的似的。"其他小朋友点点头像懂了似的，一双双小眼睛眨巴着，又撇撇嘴："你这不算亲生的。"我说不过他们，气得不行。在我心里，两个人从还不记事的时候就开始在一块吃饭睡觉打架，跟亲生的没什么差别。

　　他生得秀气，尤其是眉毛，哪儿见过男孩子长一双边缘齐整又平滑柔和的柳叶眉的，乌黑浓密。我妈每次瞧见他的那对眉毛，总是要感慨一句："你们俩要是把眉毛换一下就好了，你看你那眉毛跟两把扫帚似的。"他听见了装作毫不知情，偷偷抿抿嘴角，扬扬眉毛。那得意劲儿，我一眼就能看出来了，也没办法，只能生闷气。

　　二十岁的时候，大二的他悄无声息地蹿到了一米八三，脸上的棱角和喉结相互追随着凸显，脆嫩的嗓音在日复一日的成长里变得低沉，幼年时期褐色的皮肤暗自变得白净，来自母胎和童年时期的特征开始一点点剥落，露出里面新鲜、坚硬、干净的少年人模样。原来那个一直跟在我屁股后头喊我姐姐的小男孩突然就变成了小大人，我有点儿不知所措，还有一种老母亲般的喜悦，原来小时候那个邋遢不爱吃饭的小家伙长大了是这般模样，按照一般的审美标准，大抵也能唬得住几个小姑娘。

弟弟长大了，成绩没有以前好了，写的字也歪歪扭扭的跟麻花一样，作业本反面写的全是自己摸索出来的签名体，龙飞凤舞的，除了我和他自己，谁都认不出来那是他的名字，他自个儿还洋洋得意，说也说不得，一说就转过头去，谁也不搭理。有了手机以后他就一天到晚地盯着手机看，走哪儿都戴着耳机哼歌，因为戴着耳机全神贯注，于是他唱歌的声音就很大。往往我们是根据歌声从哪儿飘来就去哪儿喊他吃饭。

男孩子一到了十七八岁，突然就变得跟六亲不认了一样，自个儿的东西什么都是宝贝，旧皮夹碎纸张，别人碰一下就紧张地跟受惊的困兽一样要跟你来个拼死搏斗。朋友圈要屏蔽，腾讯空间要加密，一天天的，整得自己跟个卧底、间谍一样神秘。我只能观察和他同龄的人在做什么，以此做根据来推理到他身上。比如他今年大学三年级了，我就要想想我大三的时候班里那些男同学的日常生活，然后如恍然大悟一般，喔……我全然忘了青春期的我也是这样的。

不知道我触碰了他哪条原则，导致我们俩现在天长地久地谁也不搭理谁，更多的时候是他不搭理我。也怪我，之前他没有对我封锁社交网站的时候，我老想着从他的社交网站上窥探出一点儿早恋的蛛丝马迹，有时候和大人聊天的时候会掺杂一些他在网络上的生活，臆想几个小姑娘被他迷得七荤八素。后来，他就生气了，一脸无奈地对我说："你就爱打小报告，"然后毫不犹豫地把我放在了黑名单里。一块儿回家，我想起来这件事，心里委屈得不行，哭得眼泪鼻涕一大把，把大人吓了一跳，围在我旁边问我发生什么事情了。我一边哭一边指着他这个罪魁祸首回答："他……他把我放黑名单里！我给他发消息都不能发……"那时微信刚流行没多久，大人们还都不太懂黑名单为何物，就指责他："姐姐从小就那么疼你，你不要欺负姐姐。"我一只眼睛用来哭，一只眼睛偷瞄他，只见他站在旁边，站也不是，坐也不是，头微微低着，虎着一张脸。

然后我就从他的黑名单里被释放出来了，我们俩开始了旷日持久的沉默战。于是我愈发怀念小时候的他和我，可爱的他，像小狗小猫小兔子的小时候那样可爱。

三四岁的弟弟又胖又黑，绝不是壮，身上是被爷爷奶奶硬生生地养肥的肉，骨头还没来得及跟上趟，胳膊、腿跟刚从泥塘里挖出来的泥藕似的。后来越长大越瘦，把外婆急得恨不得一天让他吃六顿饭，好让弟弟变成一个胖胖的男孩子。"大胖小子"的这种隐形审美观念在北方这片大地上已经根深蒂固，就像大人们认为女孩子要把头帘儿都收上去露出一张大圆脸才好看。

弟弟认死理儿，吃饭的时候，只吃一碗饭，甭管碗有多大。外婆发现了弟弟的这个习惯之后，怂恿着我妈去买了两个大碗，碗扣过来能把我的大圆脸遮得严严实实。为了不让弟弟发现外婆的用心良苦，我也只好用大碗吃饭舍体重陪弟弟。有时候吃饭吃到一半，外婆给我使个眼色，我就把弟弟哄出去跑一圈，外婆趁机往弟弟吃了一半的碗里再添两勺饭，然后装作什么都没发生的样子。有时候弟弟回来埋头就吃，并没有发觉出来什么。后来有几次外婆偷偷加饭加得太多，弟弟疑惑：怎么我的饭越吃越多？于是闹脾气。外婆只好再把饭舀出来一些。用这个大碗吃饭以后，弟弟还是很瘦，反倒是我胖了很多。

小孩子那么小，除了爱一无所有，要怎么表达自己对别人的爱呢？弟弟很可爱，别人给他的好吃的，他都留着，不管是多好吃的小零食，他都死死地忍着，一定得等到我吃完第一口他才肯吃。后来我总要跟别人讲这件事，特别骄傲，多了不起啊，四五岁的小孩，正是天天吵着嚷着要零食的时候，而弟弟像一只忠诚的守护着美食的小狗，眼巴巴地等着我回来一块儿吃好吃的。多么天真又庞大的爱。

好归好，也有打架的时候，有时候可能是因为看电视节目的意见不统一，有时候可能是没有为什么。两个人躺在大床上，一人一头，俩人鼓足劲拼命地蹬来蹬去，到最后两人躺在床上都哇哇大哭，两败俱伤，哭累了睡完一觉起来，又跑一块玩儿去了。因为我年长一些，大部分时候打架完毕，就要自觉地接受大人的责备："你比弟弟大，怎么就不能让让他呢？他是你的亲人，以后还要给你扛包袱的……"那时候我还不懂得"扛包袱"（我们当地旧时女子出嫁需要家中的兄弟扛嫁妆）的意思，就梗着脖儿不服气。现在我们俩半年不说一句话，看来以后要是需要扛包袱，真是指望不上了。

他整个高中都过得吊儿郎当的，高考前夕突然发了狠，早起去上早自习痛背了一个月的书，然后顺利考上本科。再后来他大学放假回来，穿了件黑色及膝的短裤，白色T恤衫，外面罩了一件灰色长袖，单是站在那里不动，就很好看了。终究是青春啊。

他戴了一顶红色的棒球帽，我很喜欢帽子的颜色，问他："我能不能戴一下你的帽子？"他随手递给我。我接过帽子戴上，正着戴，反着戴，斜着戴，咔嚓咔嚓地拍照片。他走过来轻轻丢给我一句："帽子送给你吧。"然后就闪进屋里了。我愣在原地，突然想起来，从小到大，他的东西，只要我很喜欢，就等于是我的了。之前他有一件银灰色的羽绒服，我觉得颜色好看便试穿了一下，被他瞧见，又是那句话：送给你了。结果我穿出去和男生撞衫好几次。

现在二十一岁的弟弟，不知道变成什么样子了。我们俩一南一北分散着，只有过年回家的时候才见得着面儿。他是不是长高了，是不是瘦了，我都不知道。只能根据他以前的样子来模糊地想象，又高又瘦，白白净净，穿着黑色大衣，头发可能烫了，不笑的时候给人感觉比较高冷，笑起来会露出小虎牙。要是我再小个几岁，也会喜欢上像他这样的男孩子吧。走在校园里，肯定也有很多小女生悄悄地不动声色地瞧着他。但是她们都不知道，这个男孩子爱赖床，又不爱洗袜子，唱歌也不是很好听。

人生漫漫，现在是他最好的时候。我不得不眼睁睁地看着他走向毕业，走向工作，走向未知的人生，面对着我们都会遇到的问题，也许会被人伤心，也许会伤别人的心。可是我能怎么做呢？弟弟不是我手里的风筝，也不是顺从的小马驹，我只能在他背后远远地看着他，为他默默地祈祷：但愿常年喜悦，身体健康，平安，欢喜。

童年里的风婆婆

春天的时候，早晨起来走到外面，还是能感觉到凉意像泥鳅一样狡猾，你裹紧了大衣，它从领口里钻进去，戴上围巾，它一扭身又能从迎着风的袖口里窜进去，寒意料峭。等到过了中午的时候，春天卸下了对人间的敌意，态度稍微软和了点。这时太阳变成焦黄色的，像被煎熟了的蛋饼，松脆油亮，连带着透过树芽芽的光线都是淡黄色的，漂浮在光里的灰尘似乎也清晰可见。这时候，或许有位老婆婆趁着阳光正好，搬把椅子，坐在屋檐下，看着篮子里择好的菜和搭在架子上的衣服，无事可做，慢慢地就眯起了眼睛，打起了盹，有缕银发一飘一飘的。

可是我说的这个风婆婆呀，可不是在天气暖和的时候会春困的老婆婆。她才不会被人间的春困秋乏夏打盹所困扰。

北方的春天雨水向来偏少。空气像是放得很久已经开始变硬发脆的面包，人在干燥的空气里待得久了，似乎能听见世界旱得断裂的声音，轻微的咔嚓咔嚓声。一排一排的白杨树向天空伸着枯瘦而无力的枝丫，像是乞丐一样苦苦哀求一点雨水。才长出来尺把长的麦苗都灰头土脸的，可怜巴巴的像是困难地区吃了上顿没下顿的孩子一样。街上尘土飞扬。一群上学的小孩跑过，就能制造一场小型沙尘暴。

天上没有云彩，一点儿也没有。天空辽阔深远，蓝得丧心病狂。没有云，哪来的雨呢。地上的人就盼着，来点风吧来点风吧，吹来些云彩，带来点雨，地里的小崽子们都渴坏啦，再不下点雨，这几亩地的庄稼可就完犊子了……

于是，在我有了记忆以后的每一个春天里，家里的大人都会在万里无云的春天，用纸、高粱秸秆、大蒜瓣扎一个风婆婆。小时候不懂，现在看起来这个风婆婆跟哄小孩一样。

去厨房的旮旯里寻一头蒜，掰下一个来，当作风婆婆的脑袋。外公拿来几段高粱秸秆，仔细地把秸秆的外皮按竖条剥下来，露出里面乳白色的瓤。高粱秸秆的瓤看起来、摸起来都是坚挺的，内芯却十分温柔，拿着一条外皮使劲往上一插，小条就牢固地成为高粱秸秆内芯的一部分，也就成了风婆婆的一只胳膊。按照此法，很快就能扎好风婆婆的身体。

什么样的花衣服呢？我差点就把自己的课本上印着花儿的那一页撕下来。外婆找了一个方便面的包装袋，大红色的塑料袋上面印着花花绿绿的字，可真是没有比这再花哨的了。外婆用剪子在方便面包装袋上剪了三个洞，把扎好的风婆婆的身体放到袋子里，露出脑袋、胳膊来，风婆婆就是穿着大红色花衣裳的风婆婆了，喜庆得很。外公再用硬纸壳子做了个圆锥形的小帽子，用针线固定到大蒜瓣上，风婆婆就有了帽子了。

扎好了风婆婆，就要把她挂在树上喊风来。窗外是棵低矮的石榴树，我一踮脚就能把风婆婆挂到一枝光秃秃的树条上。把风婆婆挂上以后，外婆就对着挂在树上一动也不动的风婆婆轻轻地喊：来风哟，来风哟，风婆婆喊风来哟……

我一会儿就忘记了外面的石榴树上挂着风婆婆。等我再出去看，风婆婆轻轻摇起来。我扭头朝屋里大喊，来风啦来风啦，风婆婆把风喊来了！

外婆过来看见了在空中轻轻摇摆的风婆婆，又抬头看了看天空，嘴里念叨着：来吧来吧刮来点云彩……

过了几天终于下了一场不大不小的雨，虽然并不能让所有的生命都感到淋漓尽致，但也得到了畅快。白杨树可长出来骨芽了，带点红色的芽苞，再暖和几天，嫩芽就落到地上，带着一种讨厌的黏液，不小心就沾到裤子上，洗也洗不下来。麦苗洗了一回澡，从头到脚，都闪着光，就像洗完澡楚楚动人的女孩子，又重生了一回似的。我觉得下完雨的空气中，有一种令人着迷的味道，使劲吸一口，像是从土里散发出来的，我捧起来一把湿土，也并没有这样的味道。我始终着迷。

到底是不是风婆婆把风喊来，吹来了云，然后下了雨呢？年幼的时候，我深信不疑，现在，我对记忆里那个自个儿挂在石榴树上摇摇晃晃孤苦伶仃的风婆婆也依然怀有一种亲切的敬畏之心。石榴树已经不在了，春天不下雨的时候，有了机器浇灌，风婆婆再也不被想起来了。

那天我突然想起来童年里的这个被冠以婆婆的纸片人。我在打视频电话的时候问外婆，风婆婆是怎么做的来着？外婆努力想了好久，一点一点地给我说，说到最后："嗐，怎么说的来着，那几句话，风婆婆……咋想不起来了……"

十几年过去了，还有风婆婆在喊风吗？

或许早就没有哪个地方再请风婆婆来喊风了吧。我想，如果她也有自己的思想，那么她一定会很高兴，自己退休了。

喂，来我家玩好吗

人成年以后，很难置身各种事情之外，就很容易想起来幼年时期无忧无虑的时光。在我多年远离家乡的求学年岁中，我经常回想起来我的童年。当我看到电影中的青梅竹马时，当我读到"郎骑竹马来，绕床弄青梅"这句古诗的时候，当我于黄昏时分听到大人们喊小孩子回家吃饭的时候……

［01］

在我很小很小的时候，我家在县城的一所大院里。院里的女孩子都比我大，也不愿意带着我玩。我总是很孤独地远远望着她们跳皮筋，互相编头发。后来因为一些变故，我到了乡下的外婆家，自此，我才开始了真正意义上的童年。

［02］

我的故乡地处于鲁西北，民风大致可以从莫言的小说一窥二三。大人小孩都淳朴善良，晚上可以门不闭户。串门的时候遇见这家刚好吃饭的话，也不介意坐下来再吃一碗。小孩子在伙伴家玩，看到喜欢的动画片不忍心错过每一个画面，那就干脆吃了饭把动画片看完拍拍肚子再回家。

下雨来不及收拾的衣服或者晾晒的玉米，周围的邻居会过来七手八脚地帮一把。

邻居家的大哥哥假期就会变成孩子王，一个高高瘦瘦的男孩子后面，经常跟着我们三四个小小的孩子。他会把柳枝做成可以发出响声的哨子，他会把我们一个个抱到祠堂门口的大石狮子上，等我们玩够了，再把我们抱下来。

[03]

夏天的时候在院里乘凉。外婆的蒲扇轻轻地摇啊摇。

我喜欢在繁星闪烁的天空里，一点一点地辨认，找出北极星来。

"呐，那七个星星连起来像把大勺子！"

"那三个星星连起来像一个王冠哎，是不是国王星？"

"那里有好多星星，它们看起来像一只飞翔的大鸟，那是不是天鹅星？"

后来，外婆说，地上的每一个人，在天上都有自己的星星。如果有一天人去世了，那他的星星就会从天上落下来。

以至于有一次我幸运地看到过流星雨。那些星星簌簌地从天际落下来，像绽放过后的烟花。

我很担心："世界上的哪个地方一定发生战争了！你们不要落下来了！不要落了！不要死那么多人！"透过指缝，依然看到划过的流星，我要哭了。

[04]

外婆家的墙上爬满了绿色植物，那些紫色或绿色的藤蔓甚至爬到房顶上，几乎快吞噬了整个房子。我经常蹲在墙角下，顺着这些植物的根慢慢地找它们的生长方向。但不久我就会很生气地走开。

"你们太不听话了，长得这么乱，一点儿都不好看。"

于是我偷偷从抽屉里拿出外公的放大镜，拿着它到处瞧瞧，透过那个凸面的玻璃，世界好像一下子不一样了。

"哈哈，你的眼睛怎么那么大，比牛的眼睛还大。"

在阳光下找到一只小蚂蚁，然后就一直把放大镜反射的光照到它身上。一会儿蚂蚁就被太阳光烫死了。

不好玩了，于是我丢掉玩腻的放大镜。

"我们去钓虫子吧。"

花几毛钱买几根荧光绳子，把绳子放到地上的小孔里，整个人都趴到地上，眼睛一眨也不眨地看着绳子有没有动。绳子一动，就赶快把绳子提起来，绳子的尾端就有一只长得丑丑的小虫子趴着。

到现在也不知道那种躲在地下喜欢荧光的小虫子叫作什么，或许，我猜它们也可以用草根钓上来。

你有没有在草丛里捉过蚂蚱，抓过蝈蝈？如果把蚂蚱和蝈蝈放到一起，它们会打架哦。

外公会用麦秆编小笼子。把捉到的蝈蝈养在里面，晚上的时候，它们的叫声格外嘹亮。

那些虫豸曾经活不过一个夏季，我却如此残忍地对待它们。

对不起。

[05]

啊，学校里好多小伙伴！

我小时候并不是一个好学生。我坐在最后一排。老师问这幅图上有几只小鸟，同桌说几只我就说几只。

因为我没有课本。课本被我撕了折成飞机了，还有自然课课本和社会课的课本。课本的皮硬硬的，最适合折风车。

下课之后去和小伙伴们玩折好的卡片，谁的卡片把其他人的卡片打翻了，他就赢了。男孩子打卡片的时候还特意把外套拉链拉开，制造一点外力，把伙伴的卡片掀翻赢过来。

在地上砸个坑，然后就可以玩玻璃球了。看谁的玻璃球能先滚进砸的小坑里，就算谁赢。最讨厌的情况就是玻璃球滚到小坑的边上就不动了，只能在旁边干着急。若伙伴的玻璃球把你的玻璃球撞开了，那还得赔上一颗玻璃球。我一直是输得最多的那个。眼睁睁地看着各种颜色的玻璃球被我输得精光。直到在一次游戏中，我的玻璃球又被小伙伴的撞开，我伤心地坐在地上大哭起来。

"我把我赢的玻璃球都还给你，你不要哭了好不好？"小男孩用怯怯的声音说。

骑马打仗也有玩过，就是一个人背着另一个人，和对方撞来撞去，撞倒了算输。

我想我是唯一一个编着好看的麻花辫、扎着粉色的头绳的女孩子混在一群男孩子堆里玩这个游戏的人吧。

其他女孩子玩跳皮筋，我会跑过去捣乱，不捣乱的条件是：我也要玩！

"小皮球，加加加，马兰开花二十一，二八二五六，二八二六七，二八二九三十一……"

我还记得几句跳皮筋时唱的儿歌。

突然觉得那个时候的我好烦啊：耍赖天下第一，撒泼前无古人。

［06］

那个时候，指的是三年级之前的时光。

大部分人，我已经忘了模样。很多人的名字，我早已想不起来。可是，他们陪伴我度过了多么美好的一段路啊。

希望不知在哪儿的你们可以实现自己的人生理想。

[07]

那个时候，每个小孩都想当科学家，当演员，当老师。

"我要好好学习，长大后为祖国的发展做贡献。""我要成为一名合格的社会主义建设者和接班人。"好像作文结尾写得这样大义凛然才会得高分。

而我每次写完作文，为了强调一下我热烈的感情，通常都会在最后一句话后面加感叹号。比如，"我爱春天！""我要做一个伟大的科学家，为世界和平做出贡献！""不怕牺牲！"我现在想不通的是，为什么那时候的我会把科学家和世界和平联系在一起。

经常在班上念我的作文的语文老师，您还好吗？

[08]

小时候，有喜欢的男生。他有点胖，很可爱。因为他会帮我写作业，打起架来也不含糊，互相在胳膊上拧，拧得我泪眼汪汪，拧得他疼得嗷嗷的受不了的时候，两人收手。于是两个人的胳膊上全是红紫的印子。

"拧人的时候要拧一点点肉才最疼！"这是我一个好朋友偷偷告诉我的。

从那以后，屡战屡胜。

[09]

小时候，小时候，好像成了　个有点矫揉造作的词。

小时候的冬天下的雪最大；小时候的夏天最开心；小时候相信自己身上有奇特的力量，早晚要拯救地球。

不想长大，长大后的世界没有花。不想长大，长大后的世界没有王子骑着白马。

当我高中的时候坐在操场上听着校长在慷慨激昂地演讲，童话之门好像关闭了。那些想象中的小精灵消失了，再也不向我招手。

当我一次一次地在电话里说"假期我去你家找你玩啊"，但一次一次因为各种事情又失约的时候，我开始想念我的童年。

晚上回家前，会很郑重地告诉小伙伴："明天来我家玩哦。"

"为什么不来我家玩！"

"因为今天在你家玩，明天就要去我家玩啦。"

"好。那你在家等着我啊。"

那个被我拧过的小男孩，那个朝我扔过粉笔的老师，那个经常去我家玩的小伙伴，还好吗？

喂，来我家玩好吗？

而今识尽
愁滋味

这世界上只有一种英雄主义

那就是在认清世界的真相后

依然热爱生活

与世界交手的这些年

识尽人间滋味和沧桑

你是否依旧兴致盎然光彩依旧

活在当下

　　生活在这样一个时代里，心里有时候很难做到真正平静下来。我们总是怕自己错过了世界上最新的事情，总是想要更多。我们总是东张西望，总是踌躇满志。《冬眠》里有句话说，"我们疲于奔命，做出好似大有可为的假象，每天早上我都有绝妙的想法，整天却都在无所事事"。

　　我时常焦虑，在做着手头上的某件事情的时候，会担心有没有被落下，或者别人怎么看我，抑或是担心其他的事情。有时候连早晨没课的时候赖床睡个懒觉心里都在纠结，要是早起一会儿，就能做很多事情了。就这样，尽管赖床睡了一觉，却因为心里还在想着别的事情从而并不觉得美好，既没有睡好觉，也浪费了时间去做别的事情。

　　有时候我也会因为一件还没有做成的事情而焦虑，担心事情能不能做成，担心结果好不好，结果还没着手做这件事，我的心情就开始莫名地低落。比如准备考研复试的时候，尽管分数超出了复试线很多，但是一想到复试的时候高手云集，个个都是从考研大军里杀出来的佼佼者，我就感到毫无希望，极度沮丧。那段时间的状态一直低迷着，好像自己陷在一座迷宫里，千回百转，看不见光，也看不见出口，喊一声也没有人来呼应你。这时四面八方却开始涌来黑色的潮水，从脚底一点点蔓延，逐渐淹没脚背，然后再没过膝盖，然后继续一点点上升，直至无法呼吸，就是那样的绝望。而这样的绝望却是从一种担心未来事物的焦虑里拔地而起的。

为了平复一下心情，我随长辈去了一座寺庙。寺庙里人很少，穿过长长的小道，遇见了一位正在清扫落叶的比丘尼。她一下一下地挥动着扫帚，专注而认真，一点都不着急，似乎天地万物之间，除了生死，只剩下扫地这件小事。继续往里走，我闻见了大殿前的香炉里焚烧的香火的味道，一种类似于檀木焚烧的清香，有缕缕隐隐约约的烟雾慢悠悠地盘旋着飘向更高的地方，不管周围的人，也不看四处的花，就一心一意地飘在空中。大殿雄伟而壮阔，大殿里的大佛仁慈而庄严，拈花微笑，居高临下，慈眉善目地望着祈祷的人。站在这些建筑和石像面前，一个具有生命的完整的人反而变得小了。只觉得天地之间高阔辽远，人是多么渺小啊，而人的那些七情六欲和悲痛苦闷更不值得一提了。

　　中午去斋堂吃斋饭，每个人都在安静而认真地吃着自己碗里的饭，不许说话，也不许看手机，吃饭也必须专注而认真，对吃下去的每一粒米和每一瓣菜都要心怀感恩。我问寺里的师父，明明是非常普通的菜，甚至连点儿油花儿都没有，怎么能这么好吃呢？师父说，因为做饭的人非常专心，做饭的时候就一心一意地做饭，烧火的时候就一心一意地烧火。还有，吃饭的人也非常专心，都在认真品尝自己的饭，所以即使是烂菜叶子，也会有不同的味道呀。

　　我若有所思，再次认真品尝碗里的饭，只是普通的土豆、白菜、冬瓜等蔬菜，却真的别有一番味道。

　　长辈见状，随即恳求寺院里的师父开导一下我。师父听了我的事情，只是弯着眼睛笑。她说，过去的事情已经过去，未来的事情还没有发生，你究竟烦恼什么呢？你能回到过去改变事情的结果吗？你能走到未来去看看事情如何发展吗？你都不能，你唯一能把握的就是你的现在，你的当下。你不能活在过去，也不能活在未来，所以过去的事情不可追，未来的事情不必想，只需过好当下。

我愣在原地。原先的那座迷宫似乎被人打开了一个缺口，潮水纷纷泄去，而我看见了从出口那儿透过来的光。

　　在信息爆炸、光怪陆离的现代社会，最需要的就是活在当下，才能有一颗平静从容的心，以不变应万变。赖床的时候就好好地睡一个懒觉，醒来再元气满满地去做事情；吃饭的时候好好吃饭，感受厨师的每一次颠炒，每一块肉、每一口汤和每一棵菜所包含的深情；看书的时候就好好看书，忘记微博、微信一切和外界有关的事情，去领略作者笔下的世界，去感受每一个人物的喜怒哀乐；睡觉的时候就好好睡觉，不要躺倒了，心里还惦记着手机，你不是超人，没有人会时时刻刻地发消息给你；看八卦、看各种花边新闻的时候，就好好看新闻。

　　如此这样，你会发现，生活其实是很简单的，无非是好好吃饭，好好睡觉。

　　活在当下——你唯一所能把握住的时刻。每一刻专注积累起来，就是你想要的未来。

掠过的路都是故事，
我还不想降落

听过一首歌，是电视剧《金粉世家》的片尾曲，叫作《让她降落》，歌词里写的女孩子不像烟火般绚丽，也不像鸟儿那样会迁徙，但是像风一样自由，就这样在悠长的岁月里飘啊飘啊，有一天降落到人间烟火里，羽衣被一件又一件的琐碎现实压着，她就再也飞不起来了。

她曾掠过山川和大海，曾眺望星空和爱，最后却囿于柴米油盐。

[01]

月月是个漂亮的女孩子，盘靓条顺，我从小时候就知道。上小学的时候，我们俩一块去上学，走在路上，有骑自行车的人经过我们身边，总会扭头看一眼她又感叹一句：小姑娘模样生得真好看呢！不用抬头，我就知道说的不是我，月月好看，是我心甘情愿承认的事实。

她圆圆的脸蛋，大眼睛双眼皮，瞳仁又大又圆，灵动秀气；鼻子小巧，嘴巴时常抿着，像衔了一枚樱桃。她走路的时候，步伐有点大，我经常落后一些，就正好走在她的影子里，那样的情景也仿佛暗喻了我的整个童年——在月月面前，我一直有着一种难以言状的自卑和敏感。她长头发的时候，我也长头发，同样都是把头发扎起来编成了辫子，可我打心眼里觉得就是没有她的好看，以至于灰心丧气，即使头上戴了新买的发卡，也会在没有人的时候偷偷摘下来放到口袋里，坚定而落魄地相信自己并不会因为戴上发卡而变得好看——相比于月月，我就应该是灰暗的。她剪短头发的时候，我也剪短了头发，明明都是出自同一个理发师，可她看起来又美又大方，而我看起来跟隔壁的小傻子一样。

月月不瘦，但也不胖，圆圆润润的，骨肉长得都恰到好处，所以穿衣服也好看，即使是自家手工做的衣服，到了她身上，都会有人问是哪里买的。那时的我真是又气又无奈，八九岁的年纪，爱美之心刚刚萌动，也晓得了一些胖瘦的道理，所以经常对着自己身上乱长的肥肉发愁，走路一迈步大腿那儿就聚起一堆肉，可真让人难堪。

后来长大了一些，我学会了自我接受，月月也变得像满月那样美丽，我们走在一起的时候很少谈论很遥远的东西，大多是一些班里的鸡毛蒜皮的事情，可是我知道，她对于自己的美是自知的，所以她才自信而无畏，像这样的女孩子，肯定有想做的事情，想去的地方。下课背着书包走出校门刚一拐弯，就有男孩子迅速地跑过来塞给她一封情书，然后又红着脸迅速地跑开，接着消失在人群里。

我尤其讨厌这样的时刻，我不好看且肥胖，走路的时候安静且规矩，恨不得隐身以躲避掉每一个行人无意或有意的目光，但是她的一封情书，就轻易地打破了我自以为是的保护机制——所有人都朝这边看来，她面不改色地把情书叠巴叠巴夹在书里，而我像个做错了事的大尾巴狼，浑身不自在。

我知道她肯定谁也看不上，有谁配得上和她站在一起呢？她可以什么都不做，就一直那样好看着。

有一天她突然谈了恋爱，我们俩就分开走路了。

[02]

我苦恼于额头上"春风吹又生"的青春痘和各种作业，也渐渐和她少了联系，后来我上了大学，她去了本地的一所中专学校，我们之间的关系就形同虚设了。

去年寒假回家，听到她要结婚的消息，我有点儿惊讶，转而又平静如初，我这个人对于世界比较迟钝，比起同龄人的脚步更是慢半拍——但不是所有人都像我一样，月月似乎是按部就班地开始她的人生。升学、毕业、工作、相亲、订婚、结婚。我以为，像月月这么好看的姑娘，结婚的对象怎么着也得玉树临风一表人才吧。

我去参加了月月的婚礼。穿着白色婚纱的女孩子，头上别着鲜花，安静地坐着等待。我陪她一起坐着，内心里有点儿期待，对方到底是什么样的人物，才能娶了月月呀。等了半晌，才见到那人，黑色西装，普普通通，一眼扫过去，让人记不住样子。我心里失望得很。

日子就这么一天天地过了。有一日我去翻好久没有打开的腾讯空间，发现她的生活轨迹，变成了家长里短和抱怨，无非是婆媳关系和一些生活小事，结了婚的女人，有这些变化无可厚非，直到我看见她的一张近照。昔日美好又高傲的女子，竟成了一个抱着婴儿满身臃肿的妇人，鹅蛋脸被肥肉撑成了一张四方国字脸，大眼睛也变得和常人无异，胳膊把T恤的半袖装满，腰间的脂肪缠成了两圈若隐若现。我心里的那个少女，我永远也比不上的少女，消失了。

我理解为人母的辛苦和牺牲，但我依然为这样的她深深地痛心。

今年过年回去，饭后茶余闲谈中，得知她竟生完了第二个孩子，一个女孩儿。大人说道，年纪轻轻的，就俩孩子，这以后就被孩子绑住了，还能做什么啊……

这第二胎还是个闺女，这不得接着生个男孩啊……

每个人价值观不同，我不能用自己的标准去衡量他人生活的意义。也许她觉得这样的生活是好的。但是我知道，她再也飞不起来了，曾经的那件羽衣，早已被家庭、生计、孩子撕得粉碎。

[03]

　　这些年我一直在外面求学远离社会，在象牙塔里待久了，生活里多少都有一些理想主义的成分。十八九岁的日子里，被上课、下课、读书、逛街、社团活动等这些填满，一直在飞着，读了很多书，见了很多人，走了很多路之后，世界才在我眼前渐渐清晰，才发觉自己是如此的渺小和平凡，原来人生有一亿种活法，原来女孩子的羽衣可以一直穿着。

　　后来我写作、减肥、出书、考研、读研，一路走来到现在，看起来算是有一种旁人羡慕的生活，顺风顺水，但我知道，曾经飞行着翻山越岭，那些掠过的路都没有白费，我的羽衣早已补丁累累，但我还不想降落。

　　只要我不想降落，我就不会降落。世间有那么多好看的风景，有那么多好玩的事，有那么多有趣的人，怎么舍得降落？

　　有一天，觉得已经看过了杜鹃泣血的文字，结识了如山间春风般的人，看惯了春花秋月，征服了星辰大海，才心甘情愿，才不枉此生，才敢降落，才愿意降落。

漫天孤独里,
你要成为自己的光

人生好像是有一个个无形的节点的,在某个阶段困惑的事情,过了某个节点以后,就突然变得豁然开朗和不在乎了。比如,以前我特害怕没有人跟我在一块玩,觉得一个人去吃火锅,一个人去书店,一个人去散步,一个人去上课,一个人去图书馆……这些看起来太惨了。现在我才发觉,原来那不是孤独,那是自由。

[01]

我打小就不是个爱说话的人,腼腆,跟别人打个招呼都能脸红到脖子根。在家的时候,给我拿本书,我就能看一整天,觉得不说话可真好,一点儿都不累。到了学校里,这招就不管用了,下了课,坐在座位上没人理的时候,就觉得特别难过,走出去看见别的小姑娘都正在热火朝天地组队玩跳皮筋:几个人围成一圈,其中一个人数着三二一,然后一块伸出自己的手来,伸出来都是手背的是一队,伸出来都是手掌心的是一队,谁也没有异议。分好了选个人来进行包袱剪子锤,哪个队输了哪个队就先把橡皮筋撑起来,两个人站在橡皮筋里面,一头一个人,把橡皮筋撑成了一个狭长的不太标准的长方形。我远远地看,也想去玩,但是又羞于讲,看着看着就没出息地哭了。旁边的女孩子一见我哭了,都围上来,叽叽喳喳的,像一群小麻雀围在谷子堆上,一个年长一些的女孩儿问我:"你怎么哭啦?"我哭着说:"我也想玩橡皮筋。"女孩走过来就把我拉了过去,说道："你跟我一队就行。"她跳橡皮筋很厉害，每次她在跳"小皮球，佳佳基，马兰开花二十一……"的时候，我总会想起来童话故事书里写的在月光下跳舞旋转的仙女。

小时候，哭是很有用的。我靠这个，赢来了不少伙伴。可是等到长大了一些，我发现世界和以前不一样了。班里的女孩子，三五个结成一群，一到下课，就挤在一块说悄悄话，有时候还不时发出笑声，引得人都往那儿看，可是剩下的人都明白，谁都挤不进去，都是旁观者。我也是旁观者之一，我知道她们每个人都开朗阳光，对我也都不错，但是我就是融不进去，我只能干着急。我向来沉默，女孩子的集体活动干脆直接把我忽略掉，我似乎理所当然地成为一个游离于班级边缘的人。

[02]

那时候的我尚未习惯孤独，一心向往热闹和人群。到了高中，我脱离了原来的小世界，曾经的同学朋友因为升学四散各处，进入一个崭新的世界，我鼓足了劲儿要认识很多人。像我之前想象的那般，我确实认识了不少女孩子，她们对我热情又主动，让久未被如此对待过的我受宠若惊，以为遇到了知己，就像书里写的那样，高山流水，伯牙子期，从此背后有了后盾，心里有了光。

我开始尽我所能地对一个女孩子好。但是我一个普通的高一学生又有什么呢，我只能把自己好吃的分享给她，把任何好玩的事情都告诉她，在她难过的时候放下手中的卷子听她一点一点地说，然后笨拙而真诚地给予些许建议。我心甘情愿地把她放到第一位，是因为我真的想拥有一个好朋友。

也许是我有问题。我自觉地对她这么好，我也可以向她分享一些我的喜怒哀乐，我小心翼翼地向她说起我喜欢的男孩子，她听了之后毫不留情地嗤之以鼻，我愣了一下，以为她不过是开个玩笑，也没放在心上，笑了笑就过去了。

有一天中午跑完操，回到教室，我意外地在自己的记事本上发现了一条类似于表白的留言。我看了一眼就匆匆地合上了本子，伸长了脖子悄悄环顾了教室一周，没有一个人看起来像是"作案凶手"，那句有关喜欢的话似乎是平白无端地出现在了我的本子上。我一抬头看见她站在走廊里，于是急忙跑出去一脸兴奋又慌张地对她说："你知道吗，有个人在我的本子上给我留言了，说喜欢我呢！"我满眼带光，搓着手，看着她，期待着她会说点什么。

"别做梦了。你那么胖谁会喜欢你啊？肯定是恶作剧。"她说完就转身回了教室。

心里的一束光，突然消失了，我愣在原地，等到上课铃响，才恍惚着走到座位上。我听到有种东西咔嚓咔嚓断裂分崩离析的声音。从那以后，我拒绝了所有人伸来的手，情愿陷入孤独的无尽黑暗里。

吃饭的时候，我磨蹭着，等到班里的人都走了再去食堂，我一个人穿过长长的走廊，两只手分别插到衣袋里，低着头看着脚尖，只听见衣服布料摩擦的沙沙声。有时候食堂没有饭了，就去小卖部买一个长形面包和一瓶可乐，回到座位上，记记单词看看书，吃个面包就当是晚饭了。

一个人的话，除去吃饭和上厕所的时间，就会有很多空闲时间。我开始着迷于看书、摘抄，除了写作业，剩下的时间我都花在了看书上。因为这个，语文成绩开始突飞猛进，尤其是作文，写起来如行云流水，经常被老师拿来当成范文在班上读。而我看起来依然是沉默寡言的，总是藏在两摞厚厚的书后面。

[03]

想起那个时候的自己，像一个在漫天黑暗里独自行走的人，偶尔遇见一两个人，也固执地拒绝援手，就自个儿走啊走啊，走了很久很久，已经习惯了黑暗，自己就成了自己的光。就凭着自己这一点儿微光，吸引了同样在黑暗里走了很久、也会自己发光的人。

上了大学以后，我依然是一个游离于班级边缘的人，班里的女孩子各有各的小团体，我无心加入任何一个，便做自己喜欢的事情，在外人看来，我孤独得要死，简直是一个没人搭理的小可怜。一个人颠儿颠儿地去跑活动、泡图书馆、熬夜写文章，一个人去操场上跑步……

　　在这样的孤独中，我反而遇见了最聊得来的朋友，也成功地减了肥，甚至签了出书的合同。原来，最纯正的孤独，能把一个人变个样子。捱过去，你就成了自己的光，捱不过去，你就万劫不复。

　　米普里什文在《思想的诞生》中写道，"在我漫长的一生中，有多少小小的子弹和霰弹落到了我的身上，不知从哪儿飞来，击中我的心灵，于是给我留下许多弹伤。而当我的生命已近暮年，这些数不尽的伤口，开始愈合了。在那曾经受伤的地方，就生长出思想来。"

　　如果你也曾经有过倍感孤独的时刻，或者现在正在经历着孤独，没有人理解，也没有人愿意伸手拉一把，别怕，不过是孤独而已，不过是要你学会一个人面对现实而已。你觉得一个人去看电影、一个人去吃饭、一个人去跑步……都是孤独，那么请享受在这年轻的几年里，难得的孤独，难得的自由。熬过去的时刻，都会成为你发光的地方。

　　一望无际的黑暗里，你要成为自己的光。

每当感到生活艰难，
我就去买束花

南方的春天来得早，花也开得早。二月末，到处都是繁花满树。我正在路上急急地走着，一抬头突然看见，不远处有几枝花探出头来。再紧走几步，就看见了树的全貌，开得真是热烈，从头到脚都披挂着白色小花，树尖上不见枝芽，花朵层层叠叠，淡红色的花蕊星星点点，像一碗盛得冒尖儿的白米饭，上面薄薄地撒了一层红糖。

驻足片刻，我觉得自己也被沾染了一身春意，暖意盈盈，然后走路虎虎生风，浑身有一种因为心生欢喜而带来的精力和希望，日子真有活头啊！

[01]

我有一个同班同学，每周都会去花店买几枝花。看她在朋友圈里放的照片，有时候是几枝兰花，有时候是几枝玫瑰，抑或是几枝香水百合，被玻璃纸或牛皮纸包着，安静又羞怯，单是看照片就觉得很好看了。像这种喜欢花的人——有耐心地把花摆起来拍个照片记录一下的人，也真是活得有滋有味。

她曾告诉我，花店位于一家大型水果超市旁边，那家水果超市我也常去，但始终没发现这家小小的花店藏匿何处。原来只有爱生活的人，才有一双真正发现美好的眼睛。几枝花，花不了多少钱，而蕴藏在鲜花内的精魂，却能给平淡而无趣的生活灌注一点精气神和仪式感。

经常去买花的她对我说道，"到花店选花的时候，我就会想，今天的桔梗很好看，今天的玫瑰也开得争气，小兰花这次终于现身了，一定要带回家，停住脚步看看，啊，周围还有很多花在等着被带回家，就想一定要好好生活啊。拿着花回去的路上，我会感受到路人对我手里的花的喜欢；去吃面，面馆的老板就夸我的花！瞬间整个人就好开心啊，买了一些鲜花，让路上遇见自己的人也变得欢喜起来。回去再剪一剪，插一插，放到瓶子里，房间就变得有气色了很多（自以为，这句话很可爱）。很累的时候回去看到花心情就会好一点。这样不仅让生活有了仪式感，还能提醒自己好好生活。"

记得曾经看到过一篇文章，讲的是一个人在打电话的时候因为情绪不好而语气很差，接电话的人因为对方很差的语气心情也变得很糟糕，于是这样的负面情绪被一个一个人传递下去，最后造成了悲剧。心情不好的时候，不如买几枝花吧，不但能愉悦自己，也会把这份开心传递给瞧见这些花的人，微小的喜悦犹如滚雪球般，越滚越大。谁会知道几枝小小的花会有如此神奇的力量呢？

[02]

大学毕业前夕，我去了北京一趟。那是刚举行完毕业典礼的下午，学妹送给我一束鲜花，拿又没法拿，又不舍得扔在宿舍，于是拿了一小把满天星，用丝带系好，插在书包的侧兜里，然后就雄赳赳地坐上高铁去北京了，半个小时后就踏上了北京的地铁。地铁口处排了长长的队，我排在队伍中间，后面跟了位老爷爷，我扭头看别处的时候，发现他往后退了几步，笑道："留点空，不要挤坏了你的花。"

上了地铁，我把花拿出来放到胸前，旁边的人都扭过头来先看了一眼花，又看了看我，其中一个人把身体尽力往外挪了一点。我感激地朝他笑笑，他笑了一下，抬起下巴，用下巴指了一下花，说："好看。"

尽管那次我辗转了几个地铁站，那一束在书包侧兜里伶仃待着的满天星，却几乎毫发未伤，只是有些干枯。回去的路上，我一个人空空荡荡，可瞧见那一束小花，竟觉得自己并未孤单。

毕业的时候，我暗自期待，无论如何，一定要过有花有酒有月亮的人生。

[03]

南怀瑾曾经说："看世界上任何的东西，要轻松，不要严谨，尤其眼睛要会看东西。一般人都要看花，看风景，把那个神，眼神看到好的花，都盯到花的上面去，错了。像杭州风景那么美，你出去看风景啊，叫风景跑到你眼睛里头来，看山水要把山水的精神，收到我的眼神里头来。不要把自己的精神，放到山水上，放到花上，它也没有用处，你也没有好处。"

就像这世上有那么多的风景，看是来不及看够的，美好无限，而人的视觉和承受力都有限，所以在看风景或者感受美好的时候，要主动提醒自己正在享受美好，主动选择，主动地感受和体验，把风景的精气神儿内化为自身的，随之感动，保持清醒。

买花也是如此，这街上有那么多的店铺，有那么多的花儿，买不够，也看不够，不必陷入沮丧懊恼的境地。享受当下买的几枝花，感受这几枝花草的鲜活和生活里偶尔的仪式感，为忙碌于日常琐事而筋疲力尽的自己添点儿精气神。

"每当感到生活艰难，我就去买束花。"这也是爱买花的女同学告诉我的道理，现在我才算是明白了这句话。平凡人的生活里总是充满了诸多不易，而平平淡淡最容易消磨人的清醒和仪式感，当一切都变得理所当然，人就没有趣味了，俗气至顶。去他的平平淡淡，我恨这个。在没有机会体验山高水长的日子里，一抹花香就让人产生了久违的诗意。还是要好好活下去，因为还有花。

走，去买几枝花。

保持一颗平静的心，
无所畏惧

　　我和梁大利足足有五年没见了。平时在网上谈笑风生嬉笑怒骂的高中同学，约定了线下见面之后，竟有种网友初次见面的忐忑。中午时分，在稀落无人的肯德基里平安度过见光死的时刻。坐在靠窗的位置，两个人说了许多有关未来的规划。我看着他郑重其事地在手机上把接下来三五年的规划列出来，心里升腾起来一种久违的焦虑感。

　　这种焦虑感，一直困扰着我。究其原因，是来自于内心深处的一种害怕。

　　高中的时候，害怕考不上好的大学，每天晚上下了晚自习之后还要在床上开着床头灯做数学题。对于数学，我天资愚钝，做完一道题，揉揉眼睛，一看时间，往往十二点多了。闭着眼关上灯，心里想，熬过去就好了，考上大学，长大了就一切都会好了。

　　其实没有。自由了吧又害怕自己被周围的人落下，于是盲目地考证。其实我根本不知道自己的内心到底想要什么，看别人考什么我也要考什么，就像一个在水里挣扎的人，为了活命随手一抓距离自己最近的东西，而根本不会去分辨那是一截枯木，还是一只伪装的鳄鱼。我花费了大量的时间和金钱去学一个我根本不感兴趣的会计证。后来有人问我，你为什么去考？我想了下，说，万一以后找不着工作呢，有个会计证保险一点儿吧。

　　回头一看，那时做的所有事情都是以害怕为动机。我感觉所有人都在飞奔着往前走，就我自个儿被远远落在后面。我努力告诉大家，可以慢一点的，慢慢来什么都会有的，可是没人理我。朋友、同学，逐渐与我渐行渐远。

我告诉自己，慢慢来，至少不要退步就可以吧。后来我总算找着一点儿自己喜欢做的事情，可是又害怕一直看不到希望。刚开始写公众号那段时间，只有八个人关注。我每天写一篇，几乎把自己压榨殆尽，到后来慢慢地关注的人多了，我也开始对自己的要求更高，反而做不到日更了。有段时间，我过得很疲惫，每天要想明天的文章写什么，对着空白的电脑屏幕扯自己的头发，有时候想放弃了，可是放不下。有些事情，一旦放下，就让我觉得自己废了。

我曾经在文章里无数次表达过我的焦虑。我的害怕皆来源于此，我无能为力。整个社会都在快速地发展，每个人都开足了马力向前冲，自己稍微一放松，就会落下了。我们每一个人都在很努力地生活，赚钱，创业，考试出国，无非是为了打消心里的那种恐惧。

考研的时候，每天过得很辛苦，考上后那种云淡风轻的叙述都是装出来的。我已经尽到了一个普通人的努力，可是我知道有人比我强还比我更努力。那时候的压力多半来自这种害怕，害怕自己没有进步，害怕自己考不上被嘲笑。心里的那根弦绷得紧紧的，再多一点力道就要断。我根本不敢放松，所有的害怕和纠结都来自不甘平庸的欲望和不够强的自制力。听再多的开导和看再多的鸡汤都无异于鸵鸟的自我保护。

有一次回家，我和舅舅出门，舅舅让我开车。我小心翼翼地开，舅舅说，你这样开车不行的。那是我怕啊。何止是开车，做事，人际，学习，我都在怕。我怕自己没有进步，怕自己退后，怕自己回到以前浑浑噩噩的生活。

欲望太大了，也太多了。我害怕填不满，我害怕自己不能变成心里曾经想象的那样的人，我害怕有朝一日我也会心甘情愿地囿于安稳。总而言之，还是希望自己能够成为在人群里有一些特质的人，在普通的生活里做过一些有意义的事情。既然不能安抚躁动的欲望，那么就督促自己进步下去。

年龄大一些，我开始越来越能体会到旁人的生活各有各的艰辛。每个人都被心里的那种害怕驱赶着往前走。今天刚听说从小和我在一块玩耍的朋友，她已经要了二胎，是个男孩，预产期八月。这样就会在重男轻女的家庭里有些安全感了吧，其实我挺难过的。

　　年少的时候，不识愁滋味，曾经不懂的事情，现在却要一件一件地去经历。有些事情，我们告诉自己熬过去就好了，熬过这段时间就会有好的结果在等着自己，但是那段艰难的时间过去之后，总有新的困难和烦恼。生活就是这样的，解决了旧的问题，又迎来了新的问题，我们都是在反反复复地解决麻烦中老去。

　　以前的我，总是以为自己是特殊的那个，稍有不顺便怨天尤人，愤怒地抱怨生活的不公平。而现在开始认识到自己不过是众生中的一员，别人要经历的苦痛，迟早都会经历，那些不如人意的结果，那些努力了却得不到的回报，本来就是生活该有的样子。也许这就是成熟了吧。

　　我也认识到自己不过是一个平凡到极致的普通人，已经习惯了如履薄冰地活着，也习惯了尽可能地用自己的努力去抵消一些不安全感，为的是能够让自己挺胸抬头地活着。

　　我们已经不再聊一些陈年旧事了。曾经谁喜欢过谁，谁暗恋过谁，都不再关心了。从宗教信仰谈到未来的规划，少点风花雪月，多点柴米油盐，这样挺好，也挺踏实。

　　之于现实，我们每个人都深陷于自己的泥沼。有时候在想，害怕并没有什么不好，这样能让人时时刻刻鞭挞自己向前，摆脱自己的不安全感。

　　愿我们在自己的泥沼中，有一天，能找到平静的内心，无所畏惧。

我亦飘零久

　　每逢年关，城市的公交车上便有不少背着蛇皮袋、拎着铺盖卷的打工者，一路坐到末，去火车站乘车回家。我出门的时候，外面正飘着小雪，天地之间似乎只有公交车上这一小块方寸之地是暖和的，上了车，我才敢解开围巾放心呼口气。

　　公交车在某一个站台旁停下来，上来一个中年人。他先在口袋里摸索了一会儿，然后掏出来一张被踩蹦得不堪的一元纸币和一枚硬币。他把车费塞进去就马上弯腰把车门口的行李拖上来，一个行李箱，一个塞得满满的大蛇皮口袋，大概能装得下三四个一百二十斤的我，还有一摞白色塑料桶，被宽塑料胶带胡乱地缠了几圈。中年人这才上来，不好意思地朝司机笑了笑，找了个靠近垃圾桶的座位，只坐了三分之一，一只手抓着前面椅子的椅背，一只手扶着行李。他看起来四十多岁，头发灰白，一绺一绺软塌塌地趴在头皮上，身上套了好几个外套，最外面的外套上沾了不少白色的石灰痕迹，他直直地盯着前面，像是怕错过了什么。

　　公交车走到火车站站点的时候，他等着别人都走完了，自己又拖着几个大行李下去。他抬头看见"火车站"的巨大标识时，布满皱纹的脸上突然滑过一丝笑意和温情。

　　是要回家了吧，踏进了火车站，家就不远了。在大城市里，谁不是漂泊的旅人呢？

　　记得我夏天的时候去上海，坐车的时候堵车，一边抱怨拥堵的交通路况，一边和司机闲聊。司机一只手扶着方向盘，一只手一直按在手刹上，并说："你们是不知道哇，过年的时候，上海几乎都成空城了，大街上看不见一个人，街上的店都关了，还怪吓人的。"听司机说了这番话，觉得有点难以想象，以前以为上海这样的大都市，应该永远都是不夜城，永远是歌舞升平霓虹闪烁的。这才明白，原来是漂泊着的每一颗小星星，才凝聚起城市的光辉。

在外求学多年，时至今日，我方才悲哀地明白，原来故乡，早就在我接到一纸大学录取通知书转身去往远方的时候，就再也回不去了。被我远远抛在身后的那片土地，有淳朴的人情，有豪放的风物，有宜人的物价，有悠闲的炊烟，有热切的期盼，春夏的时候还有大片大片的雏菊。同每一个漂泊在外的人一样，我深深地怀念着故土，但又不得不离开它，到大城市里，孤军奋战，去追寻所谓的更好的生活。

想必那个打工者也不愿意离开家乡吧，老婆孩子热炕头，要不是为了挣更多的钱，谁愿意到一个陌生的地方吃苦受罪呢？故乡的那片热土，能够养活一代又一代的牲畜和庄稼，却无法承担得起越来越大的理想。

我上大学以后，才懂得漂泊的含义。自己不过是一叶小舟，在岁月长河上，被命运的风推着，漂啊漂啊，等风停了便泊在一处，于岁月的节点上，风起，又不知漂向何处了。因为这样的人生体验，我始终有一种不安全感，那就是深知自己漂泊者的身份，尚未安定，身外之物越少，旅途越轻松。

于是我平时的生活中，除了必要的生活用品，很少置办一些有趣但无用的物什——一想到之后搬东西的麻烦，我就望而却步。这样一来，生活情趣难免就少了一些，活得有些冷淡，但是轻松洒脱，因为这样，我少了很多与之告别的东西，也省了不少眼泪，于人于物，说再见都是不会让人欢喜的。

以前年纪小，不懂得那些人过年回家，恨不得锅碗瓢盆都拿着的做法。现在明白，漂泊的人啊，跟自己身边的物件有感情了，杂七杂八的都不舍得扔，总觉得下次不一定搬到哪儿了，得留着，都有用。

早些日子，我听闻一个初中男同学结婚了。年少时曾倾心于他，现在早已变成几巡酒之后友人之间的笑谈。想着他就此成家立业结婚生子，算是人生圆满无欲无求了。而我还不知什么时候能安稳下来，在万家灯火中拥有一扇窗。稍微落寞中想起尼采的那句诗，"谁将声震人间，必将长久深自缄默；谁将点燃闪电，必长久如云漂泊"，忽而振奋，我长久如云漂泊，是因为想要更好。

每每过年回家，在火车站和很多很多人挤在一起，心里居然升腾起一种安慰：原来这么多人都和我一样，大家都在这个世上漂泊着。大家都在很努力地生活，去给自己、家人争取更好的生活。我还有什么理由抱怨呢？

在火车上，我时常遇见一些好心人，在我提着沉重的行李箱时拉我一把或者托举一下箱子，我懂得感恩，急忙说谢谢，那些好心人往往摆摆手，眼带笑意——那是对同是漂泊者的体恤和理解，他们知道孤独旅途上，搭一把手的重要性——"我亦飘零久"。

要抬头看看月亮，
心里也要有"六便士"

[01]

我是个很矛盾的人，经常会因为一些细枝末节的琐碎而感到沮丧，比如鬓角梳理不好的头发，或者卷了边角的书本。但同时也是这样的我，又很容易被一些微小的事情打动，比如吃了一块烤猪手，或者晴朗的好天气。经常有想做放纵又自由的事情的念头，但是我知道我对自己的期许太高了，但又因为自己没有自己所期待的那种能力，所以有可能一辈子都会因为这种落差而绑着自己。

周末的时候坐在电脑前写作业，其余的时间在上课、实习、小组活动和背单词中匆匆掠过。书架上的绿萝不知不觉中已经长大很多，原本卷曲的叶子已经舒展开来。写论文写到词穷的时候，就特别怀念本科即将毕业的那会儿，考上了研究生，写完了毕业论文，什么事都没有。

我有很多好朋友，我们经常一起出去逛街吃东西，晚上找个地儿喝酒。我爱喝酒的毛病就是从那时候落下的。北方的盛夏，夜晚特别迷人，霓虹灯妖艳而张扬，穿着清凉的姑娘慷慨地露出雪白的大腿和脖子，头发被风吹起来，让人觉得很好看。约了学妹喝酒，两个人一前一后地提着鸭脖和啤酒，在操场上找了个地儿，盘腿一坐，就着酒，说很多事情，那时风好，月光也好，没有那么多让人恼的作业。虽然已经懂得了这世界上的人都向往"六便士"，但那时我们心里尚有诗意和远方，真令人怀念啊！

[02]

上了研究生以后，身边是比自己优秀太多的同龄人；由于跨考，基础又不扎实，刚开始上课的时候觉得吃力，有很多听都没听过的理论，那一段时期上课的时候，我除了疯狂地记笔记之外就是祈祷老师不要提问到我；老师布置的作业也多，每天都在熬夜，大把大把地掉头发，上课做presentation的时候，紧张得语无伦次，脸红到脖子，走下台来心里羞愧地想赶快死掉。满心沮丧地往公寓走的时候，我想去超市买一瓶酒，又担心喝了第二天起不来上不了课，于是走到超市门口又硬生生地转身走回来。说真的，那会儿我特别想退学。

不知怎么的，我也熬过来了。后来有考研的学妹给我在微信上发消息说，觉得考研好累好难啊，坚持不下去了想放弃。我语重心长地说："哎呀，没事，熬过去你就赢了，想想考上以后多有面儿啊，坚持住，稳住，你就赢了。"我想，一直支撑我走下来的，是心里所想要的六便士吧。

世人都狂热地追求名利和这些"六便士"，于是抬头看看月光这回事，便成了少数人所推崇的慢生活。

嗯，有时候也会觉得有钱真好，能做很多很多事情，所以觉得大部分人拼死拼活地赚钱攒钱没什么值得苛责。有时候被生活中一些微小的、和钱没关系的事情打动，我也会觉得穷其实也并没有什么。但理想还是和很多很多的钱有关，到最后我也变成了心怀"六便士"的人。

写完论文终于有时间去逛逛苏州的老城区，在一家没有招牌的小店里买了撒着芝麻粒的烤猪手，咬一口，香而不腻，麻辣味让人满口生津。天色发青，似乎在氤氲着一场烟雨，玉器店门口坐着两只小狗，一只在发呆，另一只在歪着脖子挠痒痒。长发西饼门前排了一溜的长队，于是我也凑热闹似的排到队后面去，买了鲜肉月饼和蟹肉月饼，咬一口，哎呦喂，鲜掉牙了！与我同行的少年也咬了一口，从嘴里吐出一小块蟹壳来，指着说："咦，是蟹肉无疑了，十块钱一个的蟹肉月饼。"果然贵有贵的好处。走走停停，遇见一座寺庙，我们走进去礼佛，邂逅了一株活了三百多年的银杏树，它就安静地长在那里，你看它一眼，就觉得那些三百多年的历史感扑面而来了。

巷子里的路是用大块大块的石头铺砌成的，走在上面，有种很奇妙的感觉。深秋的芭蕉叶和满墙的爬山虎已经开始变黄，暗自落寞了。我们在书报亭旁边遇见一个坐在躺椅上、戴着老花镜、听着小曲儿看报纸的老大爷，他的胳膊上戴着"治安巡逻"的红袖章，可安逸得很。木心有句诗说："以前的岁月很慢，那是因为以前没有手机也没有微博，没有那么多信息，只有一颗安静的心，去感受树叶怎么变黄，去观察建筑怎么沧桑，去听鸟雀怎么歌唱。"现在我们处于这样一个信息爆炸和八卦泛滥的时代里，心很难变得平静了，有很多事情围着自己，时间就好像变得很快很快了。

我现在才觉得，追逐"六便士"和抬头看月亮并不冲突。生活很艰难的，挣钱也很艰难的，若不是心里那点对于"六便士"的渴望，如何熬过那些低谷的时刻？要理直气壮地爱钱爱声色犬马和名利，要光明正大地去争取去追逐。别再说"别人只看见满地的六便士，而你抬头却看见月光"这种话了，我觉得，人活着，要努力生存，也要用心生活，不然，如果我连带给人愉悦感的蟹肉月饼都买不起，哪来的心情看月亮呢？

于是，实习啊，记单词啊，看书啊，写稿子啊……我都不觉得累了。在一个陌生的城市里，能够与那些光芒万丈的少年们在一起处事，然后学到很多东西，虽然有时候会觉得难，也想要逃避，但一想到每克服一点困难，都能学到东西，这是多棒的事情啊。

自己还是有很多时候想喝酒，想找个安静的地方看远处的灯火，看看云里的月亮，吹吹风，想要很多个这样安逸的时刻。所以更需要努力，去为自己创造心无旁骛的能够安静喝酒的时刻。

那意味着，你该做的已经做好，该争取的已经争取过。

路还很长，要抬头看看月亮，也要有对"六便士"的向往。

一个人的日子也要好好吃饭

考上研究生以后，两个人住一个单间。住的地方比以前大了许多，又有独立卫浴，便有了许多可施展的空间。比如，买几枝花摆起来，做一个人的饭。

总觉得匆匆忙忙吃的东西，那算不上饭，顶多是为了填饱肚子。以前冬天的时候，要起个大早去公司实习，在街角处的早餐摊上稍微一停，说："阿姨，我要一个包子。"卖早餐的阿姨掀开蒸笼拿出来一个包子，利索地搁到塑料袋里递给我。我就握着这只温热的包子一直快步走到公交车站，看见公交站牌上显示的公交车还有几站才到，这才松了口气，拿出小包子，把包着它的塑料袋小心地往下撸一撸，一口包子一口凉气地吃，囫囵下了肚，即使这样，借助了食物的力量，人也突然觉得踏实起来，似乎寒冷也不那么可怕了。

接近周末的时候，课程不多，就有时间和耐心等待一碗粥的诞生。往锅里添点水，放进去一点泡好的银耳，几颗红枣，几粒莲子、枸杞，一捧薏仁，再丢进去几块冰糖，盖上锅盖，看着锅身上的指示灯亮起来，就生出一种期待感来。其实材料少得可怜，像一户穷得揭不开锅的人家，勉强从米缸里、碗橱里、床头柜的犄角旮旯里寻出来几粒米和枣子熬个粥果腹。

坐在桌子前看书，却不时探出身子伸长脖子去看看锅。刚开始毫无动静，过了一会儿，有轻微的咕嘟声，像一个人大口喝水吞咽下去的声音，我忍不住掀开锅看了看，突然蹿出来的热气蒙了我一脸雾气。莲子喝足水变得又圆又鼓，跟个暴饮暴食的胖子似的，银耳更加膨胀了，简直目中无人，理直气壮地占着大部分汤水，把其他的薏仁啊莲子啊红枣啊都挤到了边边上去。

水的颜色渐渐变深，是红枣的颜色。用勺子舀了一点点汤，吹了吹，小心翼翼地挨着勺子抿了一口，嗯，甜丝丝的，好喝，自己点点头，就像自己是个厉害的主厨，做了一道了不起的菜一样。

等指示灯关上，粥就能出锅了。盛到碗里，银耳煮得亮晶晶，透透亮，之前干瘪的红枣也红光满面，意气风发。慢吞吞地喝了粥，热乎乎的粥沿着喉咙而下，只觉得全身熨帖。想懒洋洋地伸个懒腰，像猫一样窝起来睡一觉，再来一句"生活真美好啊"。

除了粥，适合一个人做的还有面，即使是方便面也好吃。去超市挑一包鲜虾鱼板味的，把面放进锅里，调料包什么的统统都撕开，一股脑儿地全放进去，加水盖锅盖。这时候拿个鸡蛋，磕碎了，搁碗里搅匀，等面煮得筋骨全散、毫无章法的时候，把鸡蛋倒进去。这时候倒鸡蛋可有讲究了，一边搅拌面一边轻轻地倒鸡蛋液，鸡蛋液一进入滚烫的热水立刻凝固，全都依附到每一根面上，没有找着靠山的，就孤苦伶仃地飘在汤水里。把鸡蛋加进去以后，还能再放点小青菜，出锅喝一口汤，美死了。夹一口面，上面还夹带着鸡蛋花儿，吃到嘴里，简直想让人迸发出晶莹泪花。每根面上都住着一个小神仙呐。

一个人吃饭，最无须仪式感。即使做成黑暗料理，自己也能不皱眉头开心地吃下去。或者是放到粗犷慷慨的大碗里，或者盛在精致细腻的瓷盘里，都是美好，都是享受。把食材变成自己心里的那道菜的过程，就像等着一个久未谋面的故人来相见，菜熟了，故人相见，只想痛饮一杯。

少年出走，半生漂泊。在一个人生活的日子里，要好好吃饭，安抚好自己的胃，才能安抚好自己的情绪，才能有更多的元气去面对现实种种。

空下来的时候，给自己，做一顿饭吧。

有时候一个人活得好，
是可以拯救另一个人的

这个春天的某个中午，空气也被阳光烘烤得暖乎乎的，像一床蓬松的鸭绒被。即使睡足了觉，人也禁不住想打个盹儿。正当我坐在午后的教室里看着书昏昏欲睡的时候，一个学妹发给我的消息让我突然激灵了一下。

"姐姐，拟录取啦！太开心了，跟你分享好消息！"

小姑娘发来简简单单的几个字，却包含了莫大的欢喜。

我本科时的学校是一所直辖市里名不见经传的学校，出去逛街打个车回来给本地的司机说大学名字，司机听完一脸懵：啥，还有这个大学？经我们一再提示司机才恍然大悟：喔喔，是商学院哦！我和坐车的同伴面面相觑，痛心疾首。所以我研究生被录取后的那段时间，是我最为春风得意的时候——我就要游向大海了！所以看见她发过来的消息，"拟录取"这个词意味着这一切艰辛都即将尘埃落定，我就有些忍不住热泪盈眶。

是的，只要愿意，努力一些就能把人生变好。

"请继续让人生变得更好吧！"我回道。

"即使走得辛苦，我也会的。一路走来都没什么向导，所以我觉得能认识你超级幸运。坚持和对自己有所要求，是你教会我的事情。"

其实我也从没想到，自己在走向越来越好的路上的时候，也会对他人产生那么一点儿影响。我以前写公众号，写一些幼稚的、可爱的、坚强的话，大部分时候是在安慰自己，毕竟那个时候的我没什么朋友，社交活动也少得可怜，只好靠着自言自语和一腔热血来给自己一点儿鼓励。后来我发现，彼时我的困惑，也是其他人的困惑，我在自我劝慰和自我救赎的时候，也顺带点亮了别人眼前的黑暗。

我觉得这是一件很奇妙的事情。我之前减肥的时候，把自己减肥的方法和心路历程写下来做纪念放到了某问答平台上，有一天我再登录上去收到了一条评论：

"一年前收藏的答案。现在高考失利半年后，再拼命跑圈减肥时翻出来看，百感交集。我就是那个默默和自己说跑完就能考研、考上心仪的大学、嫁给男神的人。大前天8圈，前天8圈，昨天11圈，明天也要加油呀！再次感谢答主！"

原来，有时候一个人努力向上或者活得好，是可以拯救一个人或者影响一些人的。

作家反裤衩阵地说过一段话：交朋友，最好是志趣相投、相互有所启发，而不是找一个同病相怜、烂都烂成一堆的人。那些认真生活的人，即使和你做朋友，也不会过多地渗透到你的生活中。但，能欣赏一个人把自己的生活经营得井井有条，本身就是一种无言的鼓励——谁都有自己的难，他可以始终有滋有味，我又何尝不可以微笑面对？

谁都有自己的苦，但是他都能熬过去，我又如何不能捱过去？一个活得好的人，并不意味着他一定就腰缠万贯，而是有一颗美好而坚韧的心，一心向好，既追求优于过去的自己，也会主动创造使人感到幸福的环境。这样的人，哪怕是身在沙漠里，都能开出花儿来。

所以，交朋友也好，谈恋爱也罢，都要找一个元气满满生机蓬勃的人。他把自己的生活过得有条有理，可能不是大富大贵，但有目标；也许缓慢前进，但是总在朝着目标的路上；也许偶尔丧气，但很快就能恢复过来又继续热爱生活，自信无畏或者是某种程度上的厚脸皮，但是人不坏，一心想要超越过去的自己。这样的人就很可爱，和这样的人在一起，就莫名受到感染，获取一些来自他身上的能量。当你失意落魄时，你看到他曾经也一蹶不振但最后还是熬过来的样子，心里也会下定决心要把眼前的路继续走下去。

找朋友要找相似的伴，找恋人要找互补的人，大概就是这么个理。能够一起喝酒吃肉的朋友可以有很多，但是能够一起变好的朋友却很少。彼此都身处泥潭，只能互相往下拉，继续往下沉；而遇见一个在岸上的人，他才可以把你从泥潭里拉出来。狐朋狗友、渣男渣女，无论外在看起来多么光鲜亮丽，但那并不是认真生活的人，谁也救不了谁。

努力成为一个活得好的人，如果不能，那就努力寻找活得认真的人当朋友，当恋人。

有些事现在不做，
一辈子都不会做了

　　年龄越长一些，就越发明白，有些失败和挫折越早发生越好。因为越往后，人越耗不起。任何一个微小的理由都能困住自由，有些事现在不做，一辈子都不会做了。

[01]

　　高考结束以后，出来的分数不理想，我义无反顾地选择了复读，没有做任何纠结和犹豫，第二年高考涨了五十分，虽然还是折在数学上，但是尽力了，选了个省外的学校，没什么遗憾。那时候是真的年轻，十七八岁，这样的年纪，什么都不用想，什么都不用考虑，"努力就会前途光明"是唯一信仰，生活纯粹，极度乐观。像高考失利这种事情，刚知道成绩的时候，倒是装模作样地哭了一会儿，过了几天也就不怎么放心上了，去复读的时候还是开开心心蹦蹦跳跳的，看见复读学校的宿舍比以前高中的宿舍面积还大，自己还是下铺，高兴得乐不可支，还在QQ空间更新了一条心情。

　　等到后来考研的时候，下足了功夫，运气也比较好，初试通过复试录取，一气呵成。打电话询问结果得知已经拟录取，我还坐在学校图书馆走廊的台阶上有点懵，清醒过来后深呼了口气，如释重负又有点后怕：这要是考不上，是去找工作还是复研？找什么样的工作？去哪里复研？

　　……

我知道自己是一个不甘平凡的人，喜欢暗自较劲，喜欢赢得风轻云淡。然而当身边的同龄人都找到了自个儿的方向，鼓足劲往前跑的时候，只有自己踌躇不前，那种失落，对于像我这样的人而言，要怎么平复呢？即使下定决心去复研，面对外界的纷纷扰扰和年龄渐长的压力，自怨自艾，心烦意乱，难以平静，学习效果也不会很好，也很难翻身。

[02]

我以前觉得复读这件事，拿不到台面上来，羞于提起，也不与人说。现在明白过来，那不过是我漫长人生中的一个选择而已，选择在年轻的时候折腾一把，不至于多年以后一事无成的时候抱怨自个儿：唉，当初，当初我要是狠一下心，再去读一年，也不至于如此呀。

虽然我当年复读后考上的学校也并非一所可以让人光宗耀祖的大学，但这所大学所在的城市在省外，又是一个经济发达的沿海大都会，毗邻首都，在上大学的四年里，我东奔西跑，见识了不少人和事。李安说过一句话，"我已经看过大海了，我不能假装没有看见过。"我见过了那些更多彩的世界，那些优秀的人，那样有趣的生活，都成为我内心里的一颗种子，慢慢发芽，挠得心里痒痒的，我不能假装我不向往更高更美的风景。

我感激自己当时的选择。我时常感慨，如果当初任凭着第一次的高考分数报个学校，蜗居在某个小地方，每天和自己差不多的人打交道，不懂得改变和努力，我又会变成什么样的人呢？等到清醒理智的时候再决定奋起，那时候还有机会留给我吗？

大龄女青年决定开辟第二人生，要么成功，扬名立万变成每个人胸口上的红痣，要么失败，从此认命成为墙上谁都可以抹一把的蚊子血。风险太大了。

年轻的时候，遇见一些挫折未必是坏事，重要的是自己要在灰暗低谷的日子里多攒智慧。往后的日子长着呢，学到的教训总会有用的。

年轻的时候多尝试多试错，尽量找到一条自己想走的路。自在如风没有羁绊的日子，人最自由。等人跌落红尘，人情世故，儿女情长，成家立业，油盐酱醋，父母亲戚，都能成为被牵制的理由。那时候的人要考虑万般，便什么都耗不起了。

每一个平凡的自我，都有几个发着光的小愿望，也许是希望养一只猫，也许是想有自己的一个小花园，也许只是向往能有自己一个温暖的小天地，或者只是希望自己幸福一点。但是我们经常给自己找借口工作太忙，压力太大，房价太高等来拖延自己的这些小愿望。等到真的有了钱买了房子，却有更多的事了，哪里还顾得上去照顾一只猫，细心去养几盆花，昔日的理想也只在夜深人静的时候悄悄闪现然后一纵即逝。

汪曾祺先生在《晚饭花集》里写道："靠南的一家姓夏……每年的中秋节，附近的孩子就上他们家去玩，去看院子里还开着的荷花，几盆大桂花，缸里养的鱼；看他家在院子里摆好了矮脚的方桌，放了毛豆、芋头、月饼、酒壶，准备一家赏月。"那是民国时期的人们，即使战乱也不忘生活的雅致和对美好的追求，这才是生而为人的风骨，活要活得精彩。比起民国的人们，我们幸福太多了。

现在每一天的你都比以后的你更年轻。现在都不去做的事情，不要幻想着有一天还会热血沸腾地再去重拾起来。五月天在歌里唱道：有些事现在不做，一辈子都不会做了。

我们的热血会慢慢变凉的。有些事情现在不做，你的理由，还会是什么？

PART C

欲说
还休

愿你长大以后

面对感情依然疯狂而努力

找得到少年神祇纯净的爱那样

欲说还休的感情

黄粱一梦二十年

之前看了一个节目，心里很惆怅。

事情是这样的。一个姑娘坐飞机时，对隔着过道的男生一见钟情，她爱上男生的相貌、行为素质和符合她心意的着装。姑娘因为害羞没有要男生的联系方式，但又迫于日复一日的思念，最后只能鼓起勇气寻求媒体的帮助。

主持人问她："你就在飞机上见过人家一面，人家的收入多少，有没有读过书，背景怎么样你都不知道，你就喜欢上人家了，要是找得到他你就嫁给她吗？"

姑娘抿着嘴巴点头。

主持人又问姑娘："要是他给你买不起衣服，一年四季春夏秋冬就穿一身运动服你愿意吗？"

"我就爱穿运动服。"姑娘低头，笑。

"那他吃不起龙虾只能吃虾皮小海米呢？"

"那我也愿意。"姑娘脱口而出。

"那你这是非他不嫁了啊。"主持人戏谑道。

姑娘在飞机上邂逅的那个男生确实被栏目组找到了。在场的所有人都很期待男生出场。他走出来，我大概只想到一句古语："谦谦君子，温润如玉。"他微笑着，从容又淡定，着装利落大方，眉眼很好看。

我想，如果是我遇见这样好看又温柔的人，也会一见钟情吧。

"这是不是你要找的人啊？"主持人问姑娘，姑娘激动得一脸绯红，连着说了好几个"是"。

男生满脸笑意，并不敢直视姑娘。

"站在一块真般配啊。"主持人感叹，于是问男生，"你有家庭了吗？"

"有了。"男生一字一句。

主持人身后的大屏幕上出现一张照片，是男生一家三口的全家福。

全场静默。姑娘瞬间红了眼眶，刚才的笑容全然无踪，什么也不说，只是用手背抹了几下眼睛。

"如果你没有结婚，你会和她在一起吗？"

"我会给彼此机会。"

两人离开握手的时候，姑娘一直攥着男生的手不愿意放开，松开了又握一次，泪流满面。屏幕外面的我看得也很心酸。

"知道他已经结婚了，我也不那么执着了。"姑娘被采访的时候说。

"我很感谢，被她这样地喜欢过。希望她能早点遇见如意郎君。"男生淡然。

人生就是这样吧，每次遇见一些美好的人，何尝不想自己的人生都是初始，没有那些乱七八糟的过往，也没有因为谁而放低过自己，能全身心地去爱去恨。但是人生也就是这样，我们想要的往往得不到，喜欢的往往已经另有所属，失去的往往再也不会拥有。

黄粱一梦二十年，依旧是不懂爱也不懂情。

这世界有点假，可我莫名爱上他。

电影里说，"你我之间本无缘分，全靠我死撑，我明白的"。以前觉得这句话苍白矫情，现在却觉得直抵泪点。说白了，爱一个人就真的是自己的事。七堇年说：只要还想继续，就大不了哭一场，硬着头皮爱下去。世间有什么缘分不缘分，都是撑来的。

说到底，姑娘这死心塌地，也不过是靠自己一个人死撑起来的缘分。别人笑她痴也好笑她傻也好，可能对于姑娘来说，花这么大的力气寻找，不觉得有什么心酸委屈和不能说的秘密，不过就是她喜欢了他。

想起一首老歌。

"你问我怕什么，我怕不能遇见你。"

"这人间苦什么，怕不能遇见你。"

遇见你，梦醒。要走，请记得我。

念旧的人最容易受伤，
喜欢拿余生等一句别来无恙

　　每当有人问起来L先生："你俩那么久了，怎么说散就散了？"

　　L先生就笑着摇摇头说："我也不知道，就这样吧。"一句带过，也显得已经释怀云淡风轻的样子。等背过人去，L先生脸上的微笑就没了。

　　偶尔发呆，没有一片云的天空，或者是桌子上的一杯水，街上商店里随机播放的一句歌词，过马路的时候人群中某个长发的身影……L先生在心里拐几个弯总能想起她来。

　　有一天早晨，L先生打开手机看新闻，"凌潇肃的妻子诞下一子"。挺好的，L先生想，又接着往下划，新闻上写：凌潇肃首次回应前妻姚晨出轨事件，凌潇肃回答说，"她是我生命里一个恨之入骨的过客"。用"过客"一词轻易地否定了之前的恩爱，他的心也曾经一定被深深地碾碎过吧。

　　L先生心里咯噔一下，又缓过来，在心里自言自语地说，"她才不是过客。"真正爱过的、在乎过的，才能称为前任。她也不是前任，我们只是不在一起了而已。

　　晚上L先生去和朋友们一块吃饭，对着满桌的饭菜什么也吃不下，一杯接一杯地喝闷酒。L先生的朋友们也心知肚明，就陪着他一块默默地喝酒。

　　第二天早晨，L先生睡醒后头又晕又疼。他习惯性地想找她抱怨一下，划开手机，突然想起了什么，又把手机重重地摔在床上。

　　男女之间的感情真像烈酒，喝的时候觉得太烈，但依然蹙眉享受醉在其中；喝多了难受想吐，发誓说再也不喝了。有一天酒没了才发现有酒真好，能喝一杯好酒更是人间幸事。

L先生昏昏沉沉地想。

"你们怎么说散就散了？"L先生也说不上来。最初的直觉是，感觉快要失去某个人了。

长时间的不联系，相互间失去了某些默契。L先生想和她说一些有意思的事，但回应却很冷漠。L先生小心翼翼地问她，"你是不是不喜欢我了？"对方说："你乱想什么呢，只是最近比较忙而已。"

L先生就慢慢习惯了没有对方的日子，有些东西可能再也找不回来了。那些东西是什么呢，L先生也说不上来，大概是和她千丝万缕的关联，L先生听见他们之间某种东西断裂的声音。

断，断，断。

积蓄了很久的矛盾终于导致了吵架。L先生和她一开始只是冷战，以前吵过比现在更狠的架，但每次L先生都去努力认错。这次L先生觉得自己没错，所以也开始暗暗较劲。等到L先生找不到她了，短信不回、电话不接的时候，L先生才知道自己的较劲犯大错了。

L先生很努力地去挽回，每天花样作死，给对方短信微信轰炸，对方却像一个炸不破的坦克、攻不破的城池。

直到那天，L先生看见她的朋友更新朋友圈，才知道她已经开始了新恋情。L先生在心里愤怒地骂了句"碧池"，然后跑去质问她。她一脸不耐烦地说："爱你的时候是真爱，不爱的时候就是不爱，就这样吧。"

世人常说，时间和新欢是忘记旧爱的两种方式。L先生试着去认识一些新的人，对方很好，很活泼也很漂亮，和他们在一起的时候L先生很快乐，但一个人的时候，却又不能避免地想起她来。

后来，L先生就觉得，嗯，就这样吧。真爱过一个人，在心里扎了根，并非随随便便就可以找个人替代的。身心不一定是难受。但凡忘不掉，都因无私地付出过，在一起美好过。

L先生还保留着她的各种联系方式，没有删除也没有拉黑，就那样在联系人列表里，落满了厚厚的灰尘。

逐渐就会忘记了吧！

很晚了，L先生慢慢闭上眼睛，想睡一个没有思念的觉。

岂曰无衣，与子同袍

说起来《诗经》里描写爱情的句子，人人都能说上几句，"死生契阔，与子成说"和"投我以木瓜，报之以琼瑶"此类。可是我最喜欢的一句"岂曰无衣，与子同袍"，不是用来描写爱情，但我觉得最好的爱情应是如此。

"不要说你无依无靠，我和你同穿一件战袍，有着共同的目标，一起对抗人生的风霜雨雪和艰难险阻。"

每当我想起《诗经》里的这句诗，就会想起我的研究生同学悦悦已经长跑了八年的爱情故事。

2017年年末的时候，她报名参加了一个国际支教活动，等名单出来的时候，悦悦的名字赫然在列。我在她朋友圈里看见她发的长长的一段话来表达自己的激动。她自己写道，"一周的时间经历了初选复选终选，两天睡了几个小时搞定了教案和视频"，她向来是优秀而努力的女孩子，所以结果欢喜我并不惊讶。令我触动的是她的男朋友方先生对她的全力支持，"从上万个人里选6个人，你为什么要这么拼？"方先生说，"因为这就是你啊，对于你的理想，你从来都是全力以赴，即使我不断地跟你说熬夜不好，当遇到机会的时候你还是会把睡觉抛到脑后。"

在浮躁、人人喊着不再相信爱情的朋友圈里看见这几句话，才觉得可贵。原来世间最好的爱情不是男才女貌，也不是痴情绝对，而是我懂你，是你变得好，我也要变得更好。因为懂，才全力支持，因为被理解，才会拥有了更多的力量，因为互相鼓励扶持，才会都变成更好的人。

算起时间来，悦悦和她的方先生在一起已经八年了。张爱玲曾经说，对于三十年以后的人来说，十年八年不过是指缝间的事，而对于年轻人而言，三年五年可以是一生一世。而他们从八年前的高中牵着手一路走到了八年后的现在。她成了一个风华正茂的人大研究生，他成了一名英姿飒爽的士兵。两人相隔千里，却好似从未分离。在这八年的时光里，他们遇见了那么多人，或许遇见了比彼此更好的人，在见识了各种繁华和人事之后，但还是一路坚定着走下来，反而对彼此更了解更爱护，这样的爱情，已经扎下根来，并且开出了花，火红的花朵沉甸甸地垂下来，有分量。

听她讲八年前她和方先生刚认识的那会儿，她是班里的尖子生，自带骄傲和光芒。而方先生之前不过是个徘徊在班级三十多名的中等生。在一起后，方先生突然从三十名考到了第一名，后来他的名次就再也没掉下来过。我高中的时候偏科，因为数学分数太低，我一直都无奈而无力地徘徊在班级中上游，像一只逆流而上的小鱼儿，空有一颗跳跃龙门的心，却怎么也使不上劲儿。我也曾学习学到深夜，在宿舍的被窝里打着手电演算习题背化学元素周期表，我知道那种拼着命也要逆流而上的苦。当我知道方先生从三十名考到第一名之后再也没退步过，我又开始相信了爱情的力量。

悦悦说，高一结束的时候，她和方先生都从小实验班进了大实验班。好的爱情，就是有这样的魔力，能把处于其中的两个人都变得更好。

从高中到现在，身边人还是年少时最喜欢的少年，这应该是成长中最幸福的事情了吧。

悦悦说："他呀，从来不会干涉我的选择。我想读博士顾虑很多，他只说了一句话，他说你一定要做自己喜欢做的事情，其他的顾虑我帮你消除。我不想读博的时候，他没有怪我反复无常，反而又对我说你想工作就工作，不想工作就炸个土豆片好了，放开去追逐就好了，你有我。"

末了，她加了一句："他知道我喜欢吃土豆。"

这让我想起来情书大家朱生豪给宋清如的情书里写的一段话。

"也许确能做一个对你有一点儿益处的朋友，不只是一个温柔的好男子而已。对于你，我希望你能锻炼自己，不要甘心做一个女人（你不会甘心于平凡，这是我相信的），总得从重重的桎梏里把自己的心灵解放出来，时时有毁灭破旧的一切的勇气，耐得了苦，受得住人家的讥笑和轻蔑，不要有什么小姐式的感伤，只时时向未来睁开你的慧眼，也不用担心什么恐惧什么，只努力使自己身体、感情各方面都坚强起来，我将永远是你的可以信托的好朋友，信得过我吗？"

对于悦悦而言，方先生，就是她可以永远信托的好朋友，可以交心的知己，可以并肩作战的战友，可以比肩的橡树。

"岂曰无衣，与子同袍！王于兴师，修我戈矛。与子同仇。岂曰无衣？与子同泽。王于兴师，修我矛戟。与子偕作。岂曰无衣？与子同裳。王于兴师，修我甲兵。与子偕行。"

前不久，方先生对悦悦说："我过一阵子回，是为了打结婚报告申请，16岁的时候我承诺过2019年要娶你，马上就是2019年了，该是兑现承诺的时候了。"

八年不长，余生还很久。不要担心没有陪伴你的人，我将一起，与子同袍，与子同泽，与子偕作，与子同裳，与子偕行。

谁的青春里没有过一个爆款男孩

在你的播放器里寻一首老歌，许嵩的《庐州月》或者张韶涵的《欧若拉》，轻轻地放着，来听我讲这个男孩子，一首歌唱完，故事也差不多该结束了。

我说的这样的男孩子，大家仔细一回想，就能想起自个儿高中时班里也有过这样的人。

什么样呢？一定是长得精神干净，像一棵春天的小白杨一样挺拔。在人群里一眼看过去，你能最先看见他。头发一定不能是寸头，别的男孩子都老老实实地留着小寸头，他肯定要在额前留个刘海，一天天的，没事就对着镜子鼓捣他那点头发。桌洞里，梳子、剪子、小镜子、定型水那肯定是常年必备，课间的时候趁着老师不注意，赶紧对着自个儿的头发用定型水呲两下，然后用手掌或者小梳子抹得整整齐齐的，跟一只猫舔自己的毛似的，弄得水滑油亮，光彩照人。成绩不太好，个又高，就坐在班里的后一两排，不妨碍其他同学，还能在上自习的时候睡个觉，也倒自在。

因为后面几排的小伙子都没有漂亮的成绩拿出手，便在头发和衣服上瞎捯饬，搞得班级像国家分裂，贫富不均。站在教室前头，使劲一嗅，闻着的都是前排学霸们身上一股暖烘烘的酸臭味，他们废寝忘食地学习，整天就穿着一套校服在课桌上磨，能洗个脸就不错了，哪有心思再去想别的事情。再往班里后面走走，就有一股发胶的浓烈香气直往鼻子里窜，后排的男孩子个个穿得都跟要去相亲一样，你在他们身上，能知道今年的流行风向标。班里两极分化得厉害。

那时候十几岁的小姑娘都被台湾偶像剧和肆虐的言情杂志害惨了，老想着自己也能发生一段纯纯的校园恋爱，于是选好一个符合小说男主角形象的人物进行一场蠢蠢的暗恋。这场隐秘而盛大的集体暗恋中，也包括我。

　　他啊，就是类似于小说里的男孩子，高高瘦瘦，留着帅气的发型，打篮球的时候动作一定要酷，进球了脸上也不表现得很高兴，觉得是很平常的事情，更引来女生的尖叫。即使成绩不好这一点不太符合主角人设，但也不妨碍女孩子喜欢。而我对好看的男孩子是见一个爱一个，更何况周围没有比他更酷更痞的男孩了。

　　我的班和他的班邻着，下课的时候，他就经常站在后门走廊那里，和几个玩得来的男生打打闹闹，我的位子正好能看见他，每到下课，我就戴上眼镜，扭着头往外看，一看见他走出来，要是他朝我们班里看一眼，突然和我的目光对上，我就赶紧低下头，心怦怦地狂跳起来，总觉得他那一眼能看清我的心事，而我怕这个。

　　我怎么好意思去喜欢他呢？别的喜欢他的女孩子长得又美又瘦，巧笑倩兮，美目盼兮。而我太普通了，太胖了，而且额头上又起着不少痘痘，还戴着一副老式圆框眼镜，也不怎么穿好看的衣服，终年是两套校服来回倒腾着穿，袖口都磨得开了线，我怎么能喜欢他呢？那时因为这个还伤感了许久，在练习本上写他的名字，又怕给人看见，于是写完又赶紧划掉，直到谁也看不出来那些字。还在日记本的后面抄写一些青春文学里的句子，比如这种"我的牛仔裤怎么能和你的黑礼服相配"，一边暗自伤感，一边密切关注着和他有关的消息。

　　他哪天没来上早自习，哪天换了衣服，我比谁都清楚。我对这个男孩子的一切熟稔于心，觉得这样平淡的暗恋也没有什么不好，远远地瞧着就够了，为什么非得让他知道呢？但是有时候偶尔又会生出一丝丝奢侈的希望：如果他知道了，会不会对我有点印象？但转而一想，还是不要知道了，我现在还不够好。

　　课间跑操的时候，他们班排在我们班前面，我个儿不高，就站在队伍前面，和前面队伍里的他差了几步的距离。那是我离他最近的时候，我能清楚地闻到他身上的气味，是烟草味和定型水混合的味道，说不出来好闻，就是隐约觉得，这气味和他挺相配。我能清晰地看见他衣服上的纹理和褶皱，衣服干净得像是新买来的，紫色格子衫真好看，放眼整个操场，谁能有他穿得好看。我暗戳戳地想，不禁有点骄傲，嗯，不愧是我看中的男孩子。

队伍开始动起来，每个人都慢慢地跑，我突然发现，他跑起的时候有点儿外八字，于是低头憋笑，加上跑圈，脸憋得通红，像跑了很多很多路一样。跑操结束，广播里开始放歌，学生们四下散开，整个操场上乱哄哄的，像一群没头的苍蝇一样乱飞。即使人群浩大，我也能够凭着他的衣服一眼把他辨认出来。找出他的背影，紧走几步，悄悄地跟在他后面，有时候前面的人一回头：咦，怎么不是？这才发现他和另一个男生换了衣服穿。当时很生气，觉得自己像是被耍了一样，骂了一句"去你大爷的"，就略带硬气地跑回教室了。

对一个人观察得久了，就能发现许多旁人难以注意到的非常细小的细枝末节。比如冬天的时候，他有一件特步的羽绒服，当时特别流行光面的衣服，他这件衣服的背后是一个黄色的长条，我每次辨认他就靠着这一抹黄色。后来我发现，这件衣服他足足穿了一个月，我当时在想，他是买了两件一模一样的衣服吗，还是只是懒得洗？心里有点儿嫌弃。除了这个，我还发现他喜欢上厕所，一到下课肯定要去厕所，估计是去厕所抽烟，对于这个，我百思不得其解，去厕所那儿闻着臭臭的空气对着一群上厕所的人，这烟到底有什么好抽的？

到了高三，我们换了教室。他在我对面的二楼，我在他对面三楼。我站在走廊里就能看见他，他要么在走廊里晃荡，要么在教室后面和其他人打闹。有时候看见他趴在桌子上学习，我竟然像一个老母亲般，心里有着莫大的安慰和高兴。行吧，少年，努力吧，我也努力。

高三真的很累，累到我下课几乎没有力气再去走廊里玩耍一下，有时候一下课马上就要做英语阅读，一个课间做完一篇阅读，一上午差不多能做完四篇，一张报纸上的题就这么见缝插针地做完了。我也很少见他了，空气里弥漫着一种紧张的气息，你不能停下的，一停下，就再也赶不上了。

有一天晚自习，我做完了数学题，做得满脸通红，走出去想给自己的脑袋瓜降降温。走廊里人很少，我下意识地往对面二楼看，发现正好他也站在走廊上往对面看。

我静静地直直地看着他，走廊里没有其他人，他是看见了我的。那是一次隔空的对望，目光越过虚空里的空气和尘埃，抵达他身上。没有电光火石，没有金风玉露，没有胜却人间无数。两个人互相对视了不到一分钟，我就先走进了教室，有什么东西被卸下了，一身轻松。

我想，他是不知道的。

后来我就没有再关注过他，因为我有更重要的事情去做。毕业的时候，群情激奋，都把做过的卷子啊练习册啊拿出来撕得粉碎，从高处往下抛，纷纷扬扬的，纸屑被风托着，在空中轻轻地飘着，最后漫天落下，如同下了一场大雪，又像大火过后的灰烬被风扬起来。一场心照不宣的祭奠，这一段青春终究是结束了。

所有的人都涌出来，把走廊里挤得满满登登的。我钻了个空挤到前面，一边看从头顶落下来的大雪般的纸屑，一边在对面走廊里的人堆里搜寻他的身影。看见了。白色带领的T恤，黑色的运动长裤，戴着一副白框眼镜，和人群离得很远，抬着头在看着。

我拿起那部像素并不高的手机，把镜头尽可能地拉近，偷偷对着他拍了一张照片。后来我每次看到照片，总会想起来这一段无疾而终的暗恋，和这场暗恋里自卑而懦弱的自己。后来我就不想想起来了，连带着这个人，都被我封存到某个角落里，再也不想打开。

我想，是再也遇不见的。

歌，也结束了吧。

汤圆的爱情

汤圆自己也在疑惑："我到底喜不喜欢她啊？"

［01］

汤圆像他的名字一样，圆圆的，看起来很萌。他穿着迷彩羽绒服的时候，看起来就像一株生长旺盛的多肉植物。

对于她，他就像一颗软软糯糯的汤圆，冒着热气，但从来不会让她烫到。

对于别人，他就是一株长着刺的多肉植物，俗名——仙人掌。

［02］

是不是喜欢呢？

刷微博的时候总要去看一下她发的微博，他就像一个精明而隐藏得不露痕迹的侦探，总能在她的微博里嗅出点什么，然后继续不露痕迹地关心。

她关注的他也一一关注。哪个明星有什么风吹草动，汤圆比她还清楚。她一个电话响起，汤圆必先压抑住内心的狂喜，清几下嗓子，装成毫不在意吊儿郎当的样子接电话。

聊天的时候汤圆的大脑高速运转，以便能接上她说的话，或者说几个段子逗她笑。有时候汤圆觉得接一个电话比做几道高数题都累。但他乐意。

汤圆就喜欢听她笑。她一笑，汤圆觉得自己真的要变成一个汤圆，里面甜甜的馅要淌出来了。

[03]

汤圆的哥们儿都知道汤圆的秘密。那次他们正和别的班打篮球比赛，她一个电话过来，说在车站，肚子疼。汤圆就什么都不顾了，扔下球，就往车站跑。背后只剩下一群兄弟大眼瞪小眼。

"你干什么去？比赛咋办？"

"爱咋办咋办。"汤圆头也不回地跑了。

"汤圆是完了。"一个队友拾起地上的球，看着跑远的汤圆。

汤圆一路跑啊跑，所有的人都奇怪地看着这个穿着球衣、满头大汗的男生累得气喘吁吁，但脚步依然没有慢下来。汤圆一口气跑到车站，她坐在行李箱上。

"你咋这么多汗？为啥不打车过来？"

"我担心你，忘了。"汤圆不好意思地挠挠头，"把行李给我吧。"

"你说你是不是傻！"

汤圆看着她站起来，突然觉得有点儿委屈。他用手抹了一把汗，没说什么，拉起行李箱，走在她后面。

[04]

缺少汤圆这个主力，篮球比赛毫无疑问地输了。汤圆觉得有点儿对不起队友，于是请室友出去喝酒。汤圆出去的时候，看见她和一个男生说笑着走在学校的街道上。她没看见汤圆。她真好看，汤圆心里觉得。

风吹过，那个男生帮她捋了捋头发。

汤圆有点儿难过。晚上汤圆不停地喝酒。

室友看见了，跑过来搂住他的肩，嬉皮笑脸地说，"瞧你丫这个没出息的劲，为了个女的至于么，要马子我给你介绍个！"

"滚，别烦我。"汤圆没搭理他，一个人慢慢地喝酒。

室友讨了个没趣，悻悻地走开了。

"我这是怎么了？"汤圆心里不明白。

他不想因为一个女生牵绊住自己。

［05］

汤圆是被扛回寝室的。

第二天汤圆除了忍受要炸裂的头痛以外，还要忍受室友不停的戏谑。

"汤圆，我们去帮你喊楼吧。"

"汤圆，我去买蜡烛，那谁，你去买玫瑰，还有那谁，你去布置场地，再多叫上几个人。"汤圆摇摇头。

"别闹。再说要真喊楼，这些东西哪能你们买啊，我得自己去买才行。"

汤圆在床上躺了一天。最后下了个决定："老子要谈恋爱，要忘了她。"

［06］

汤圆恋爱了。室友介绍的姑娘，胸大，身材好。汤圆觉得还行，这事就算成了。

然后，像所有烂大街的谈恋爱情节一样，汤圆开始约会，看电影，一块吃饭，送她回女生公寓，接吻，拥抱。

"你把人家姑娘照顾得怎么样啊？"室友问他。

"妥妥的。"汤圆回答得心不在焉。

他看微博刚好刷出来她的一条微博，认认真真地看了一遍，连标点符号也不放过。汤圆心里想：完了，我是栽她手里了，更完蛋的是，她还不知道。

汤圆很少主动找人家姑娘，后来那姑娘一气之下把汤圆甩了。于是汤圆的恋爱，吹了。汤圆不以为意，他还是每天打篮球，每天刷微博看她的动态。

[07]

室友鼓动汤圆去向她表白。汤圆有点犯怵。表白是个技术活。表白好了，皆大欢喜，有情人终成眷属；不好的话就是从此一去是路人，到哪儿人家姑娘都躲着你，连朋友也做不成。

"不去不去，万一人家不喜欢我，我以后见了她连话都说不成。"汤圆摆摆手。

"怂货。"室友一脸恨铁不成钢的样子。

[08]

汤圆看完了她所有的微博，努力喜欢上她喜欢的所有东西。

她感冒了，汤圆恨不得破女生公寓的门给她送药；节假日各种短信问候乐此不疲；以各种名义送莫名其妙的礼物；在网上偶尔发几句谁也看不懂的句子；路上遇见她，她对汤圆笑笑，汤圆愣一下，笑得跟仙人掌开了花似的；打篮球的时候，要是汤圆看见她往篮球场上瞥了一眼，那一眼比打鸡血还有用。

"盖他！"汤圆大吼一声。

[09]

后来姑娘为了还人情，送了他一双篮球鞋。汤圆就跟供奉祖宗似的，不舍得穿，天天摆在那儿看，边看边傻乐，就差没上炷香了。

"瞧这出息。"室友觉得汤圆真的没救了。

[10]

后来，汤圆觉得不能再拖了。他下了好大的决心，决定去表白。他邀请她去吃饭。

汤圆请她吃的是一碗汤圆。白白嫩嫩的汤圆在玉色的小瓷碗里冒着热气。她的脸在热气中有点模糊。

"汤圆你今天这是怎么了，又不是过节。"

汤圆第一次说不出话来。

"你，喜欢汤圆吗？"汤圆脸红了。

"喜欢啊，吃起来很甜。"她不知汤圆的话里有话。

汤圆突然感觉到心突突地狂跳起来。

"你喜欢哪个汤圆呢？"汤圆说出口的瞬间就后悔了，想抽自己一巴掌。

她诧异地看了一眼汤圆。

"好好吃饭。"她顿了一下，"也喜欢你啊，因为我们是朋友嘛。"

汤圆什么也不想说了，闷头吃了一碗汤圆，他这辈子都不想再吃汤圆了。

[11]

日子就这么不咸不淡地过着。汤圆还是拼命地关心她，好像成了一种习惯。久了就像吸食了鸦片，难以戒除。

她好像什么都知道，好像什么都不知道。

汤圆心想，就这样吧。老子心甘情愿。

12

毕业。一个往南，一个往北。

汤圆总还会想起她。晚上睡不着的时候看她的微博，看她的空间，然后再删掉浏览记录。

看到她很好，汤圆也就很晴朗。

喜欢一个人，就没有能力再控制自己的情绪。

后来，汤圆变得很忙，忙着升职，忙着应酬，忙着相亲。渐渐地，汤圆觉得好像放下了她。

汤圆结婚了。对方是一个普通又贤惠的姑娘，门当户对，汤圆不喜欢也不讨厌，就觉得挺合适的。他想，结就结了吧，一了百了。

结婚后搬家，收拾出一双新的篮球鞋。汤圆苦笑了一下，拿出那双鞋来，又想起了她。他把鞋放在地上，试着穿进去，却发现有东西在鞋的最里面。

汤圆把鞋拿起来，伸进手去，拿出来一团已经泛黄的纸。他颤抖着打开。

"心悦君兮知不知。若是愿意，请穿上它打篮球吧。"

底下落款，是她的名字。

汤圆没有穿过一次，是因为舍不得。

所有人都不明白为什么那天汤圆抱着一双鞋哭得像刘备。谁也劝不住，谁也不明白。汤圆哭完就买车票穿上那双鞋去了南方，去找她。

找她说清楚。

[14]

汤圆找到她。

她看到汤圆脚上的球鞋，还有一脸的热切，就明白了。

"你已经不是小孩了，过去的就过去吧，这么多年了，我们就这样吧，她是无辜的。"她一字一句地说。

[15]

汤圆失魂落魄地回到家。他突然觉得人生一切都好像没有了意义。妻子没有问他去哪儿了见谁了，给他端过来洗脚水。然后给汤圆做了一桌好吃的饭。

汤圆看着妻子隆起的肚子，默默地抽了一根烟。

抽完烟，他站起来，使劲把烟蒂摁在烟灰缸里，还有以前的记忆，还有他爱过的那个姑娘。

"这辈子，就这样吧。"

我不相信爱情，只相信你

接近年末，各种论文、考试接踵而来，Y小姐忙得头大，等半夜写论文写到一半脑子卡壳的时候，才想起来和男朋友好几天不联系了。他俩异地恋，Y小姐在一刮风就灌得满嘴沙的北方上学，男朋友在山明水秀的南方刚参加工作。

Y小姐拿过来手机，一看到昨天晚上发给他的消息还没回，本来昏昏欲睡的Y小姐马上就清醒了。

凌晨零点零二分，Y小姐发过去一行字："干吗又不理我了……"

无人回复。Y小姐躺在床上捧着手机，原本的上下眼皮打架变成辗转难眠。

凌晨零点五分。

"我没安全感没安全感没安全感啊……"后面还带了一串大哭的表情。

Y小姐捧着手机，紧盯着手机屏幕，屏幕灭了再按亮，生怕一不小心就错过了他回的消息。

有人说，安全感这东西要自己给。话是没错，一个人的时候，做什么都可以，该出手时就出手，风风火火闯九州；可是变成两个人的时候，你就开始有了牵挂和担心的理由。被爱是福分，但也是一种心甘情愿地被束缚。

异地恋，最怕的就是不知道对方做什么，去了哪儿，还联系不上，找不到对方的心情像是随时能被引爆然后燃烧成天边的一抹火烧云。电话只听得到声音，短信看不到表情，心情只能靠猜测。Ta生病的时候只能说一句"多喝热水好好休息"，Ta累的时候很抱歉不能送一个带着温度的拥抱。

凌晨零点十四分。Y小姐在床上像是烙煎饼，翻来覆去地睡不着，越想越难过。

"我随时都怕，你不要我了？"

Y小姐最终还是问了这句话，眼泪从Y小姐的眼角滑到枕头上。她睡着了，他回短信了。

凌晨两点十五分。

"看书看得太困，不知道什么时候睡着了，醒来关灯脱衣服盖被子的时候才看见你的消息……"

"昨天下午和同事一起驻点，有一个河北同事，工作十几年了，到律金所整两个月，昨天发给他上个月的工资，扣完五险一金才2500元多一点。他已经结婚了，压力特别大，中午的时候因为工资的问题和公司闹得特别不愉快。下午一起驻点的时候，哥们儿只坐公交，说话说得嘴都干了也不买水喝。晚上饭也没吃，推说自己不饿。我们同事还有的拿到手里1500元不到，这样都不知道怎么生活。我现在连工资还没拿到过，只能先借你的钱救急。一分钱难倒英雄汉啊。

"今天下午坐了快两小时公交，公交车上有一个年轻女子带着孩子，孩子一直哭，哭得嗓子都哑了，特别可怜。每次看到这样的或者那样的生活现实，我都在想你，想我们的未来，我绝对不能容忍你不幸福，我绝对不可能让你带着我们的孩子在公交车上坐两小时哭得撕心裂肺。

"是啊，最近和你联系少了，让你感到冷落了，是我不对。我知道你一直都在，都在支持着我，我心里便踏实，毫无顾忌地往前奔。"

看完他发来的消息，Y小姐的眼泪就止不住了，连日来的忙碌和委屈都算不得什么了，心里踏实，深呼口气，全身又充满了能量，又可以对一堆事全力以赴了。

我从不相信爱情这回事儿，一见钟情不过是见色起意，日久生情也不过是空虚难挡，早就过了耳听爱情的年纪，对甜言蜜语也已经产生了免疫力。看惯了分分合合，我也不再相信爱情，我只相信有着相同价值观、有很多话可以对彼此讲的两个人为了未来共同努力和争取。

我不害怕一个人走过很多路，也不介意一个人看遍风景，我不害怕和你一起吃苦，也不介意没有朝朝暮暮的陪伴。我最害怕的是，等了那么久，最后那个人不是你。

我不相信爱情，我只相信你。

我还没写一封长信给你，
这世界就已经不流行这件事了

　　大概是很久以前，曾经手写过几封长信给一个老友，伏在桌前，借着台灯清冷的白光，一行一行地写，写着写着有时会突然忘了接下来要说的事情，于是停下来把笔搁在一旁，抠粘在桌子上、边缘已经变黑的双眼皮贴，或者望着窗外灰蒙蒙的天空失神。

　　写完了信，便走不短不长的路去邮局，买信封和邮票。因为写信的纸用的是从好看的笔记本上撕下来的非常硬朗的纸，三四张纸折叠一下，重量就有些可观。于是贴好一张邮票之后又被邮局里烫着小卷卷的阿姨勒令再多贴几张邮票。扔到邮筒里之后，便每天催促着收信人去收发室找信。

　　其实信里没有什么重要的事情，无非是最近生活中的一些小事，比如参加了什么竞赛或者读了哪些书，又或者是身边发生的一些好玩的事情，整篇信的内容凌乱而琐碎，但归结起来的主旨就是分享。分明都是些无足轻重的小事，但写信和寄信的这个过程，让一切都变得有些仪式感。而这仪式感需要有人认可和参与，才会真的让人觉得愉悦和明亮。

　　断断续续写了几封信之后，或许是因为互联网的日渐发达，或许是因为生活中要顾及的事情太多，难以平静地坐下来总结最近的好坏，就没有再继续写信了。

　　手机那么好玩，王者那么好玩，猫那么好玩，谁还愿好好坐下来写几行字呢！有时候去邮局取东西，看见邮局中央的大桌子上，按姓名首字母拼音分门别类地把来自各个地方的明信片搁置着。找自己的明信片的时候，难免会看到其他人寄来的明信片以及写在上面的话。有的字迹娟秀，一笔一画，写得非常小心翼翼，连最后落款之前的形容词都不敢暧昧一下，简单地写上自己的名字；有的字迹龙飞凤舞，字里行间也是被爱着的放肆，那种仗着关系好无话不说的张扬跋扈，从开头处的一个昵称，结尾处手工画的小心心，对收信人的娇嗔，都能感受到。

印象中我见过的一张印象最深刻的明信片，反倒是最简单的一个，正面是几笔简单的线条勾勒的风景画，后面只有两行工整有力的字："和你在一起始知相依为命之意。我爱你。"

字字坚毅，不容置疑不容反驳不容亵渎。难以想象，轻轻的一张纸承载了多少情谊。

写明信片和写信一样，都是要用心的事情。在天涯海角的某一处，被他人想起，对方坐下来用心地写出几句祝愿的话，然后贴上邮票郑重其事地寄出去，这本身就是一件很有仪式感的事情，像写信一样，需要用好看的信纸，要写好看的字。能够被人惦记，是多么幸福的一件事。

相比于微信或者短信上的群发，写信是一件很有诚意的事情。在即时通信工具如此发达的今天，很久不见，微信聊天；远隔千里，视频通话，但写信，从来没有失去它的意义。写信也是一件很私人的事情，写信人于安静的氛围中，才能把自己要说的话倾倒到纸上，每一个干巴巴的字，才能变得有生命力。收信人拿到信，在一个人的独处中，才能体会到对方的心思。

捧着手机打字，总是很容易让人沉溺于其中，荒废了时光。能够提起笔来写一封信，是和生活中的一些爱好同样重要的。比如，能够从互联网中抽身出来给盆栽浇点水，能够在清晨早起时感受温和的阳光和微风，能够在风清云朗的时候抬起头来看看天空，这些小事，都能让人对生活更多一分热爱，能够让人有好好生活的动力。写信和寄信，也会积攒这种微笑的快乐和期待。能够有一个耐心读信的收信人，能够在庸俗的吃喝拉撒的世俗里有一个人彼此问候和鼓励，那么，面对遥不可及的梦和无法掌控的爱才不至于被拖垮。

于是，在这个初春的晚上，窗外有入春的第一场雨，天真又纯粹。有打着伞两两走过的路人。想写一封信给你。

铺开纸。

展信佳。

这时候手机提示有微信消息。回复完消息，发现没有信封，没有邮票，也不知道邮局躲在哪个角落。

铺开的纸被揉了揉扔进了旁边的纸篓里。发微信吧。

我将划破闪电，并长久漂泊如云

我曾经在微博上问：你17岁时喜欢的人，现在怎么样了？

"结婚生孩子了，新娘不是我。"

"有了他喜欢的人。"

"死了。哈哈哈哈哈。"

"早忘了。"

"恋爱了，不是和我。"

"应该还好，我也很好。"

"这辈子都不会见面了。"

……

有一天晚上我做梦梦见自己回到了初中教室，后面坐着以前高中时候认识的人，左手边却是正在考研复习的学妹。也许只有在梦里，自己曾经遇见过的人才能这样跨越时空和地域、无缝衔接地聚在一起。

梦里的故人，谈笑间还是以前温和的语气，都在那儿安静地坐着，看着我。感觉有风吹过，把他的样貌、影子也吹得影影绰绰，看见他一如往昔，我一下子就满眼泪水，心有戚戚而又不知如何倾诉，"原来，原来你还在的啊。"

他陪伴了我整个沮丧而自卑的高中时代。

我很多次提起我曾经无望也无光的高中生活，窝在教室角落里的臃肿肥胖的少女，戴着老式的金丝边圆镜，额头上的痘痘好了又长，总是有红色的被抓破的带着血印的痘痕。杂乱的长发随意地束起来，罩在羽绒服外面的校服袖口处被磨得开了线，露出杂乱的线头，背后还有几道墙上蹭的白灰，终日低头演算着数学题，吃饭也独来独往，安静得像是空气中散布的细小尘埃，丝毫没有存在感。谁会去关心或者搭理这样一个过得狼狈且又了无生气的女孩子呢？

我像一个畏畏缩缩的鼹鼠守在洞口，他正好是一缕投进洞来的阳光。那时智能机还未流行，对于小孩子来说有个能上网的手机就已经很奢侈了。那时我用的是家人淘汰下来的一个诺基亚，灰不溜秋，扔在床上不仔细看，还以为是只死老鼠，而且只能打电话发信息。

时间抹去了多少东西啊。我已经记不起和他是怎么开始联系的，只记得那时候的少年温和，愿意在下了晚自习后打电话听我说很多话。他愿意相信我会变得很好，最终将会闪耀，他懂我的不甘心，也知道我的小毛病。

我们会这样长久地悄悄地陪伴着彼此，我想。可是年轻人的事情，最难说准，三五年过去，就好像已经过完了半辈子。

高中毕业后的某一天，他给我发消息："我坐公交车看见一个女孩子很像你。"十几年没断联系却从未相见，我想，他只能把遇见的每一个和我相似的人的音容笑貌叠加起来，然后像小孩子搭积木那样，在脑子里搭建起来我现在的样子。

在梦里他坐在教室里冲我笑。其实我们一年前已经不再联系了，也不再讲话。醒了之后有些说不上来的伤感，这种隐秘而微妙的感情也同样占据着心的一部分，你知道我不想这个样子的，但是我没办法，我没办法阻止时间去把我们变成大人。

后来的我，他也从未见过。我依然没能改掉爱哭的秉性，多疑而敏感的心稍微取得了一些进步，变得坚强起来。我也不知道现在的自己是不是变成了他曾经期望的人。

很久之前我路过他的城市，沿着灰白色的马路牙子走，我看着那些带着谦卑姿态的不算高大的建筑，那些交叉横错的电线，骑着自行车的人，穿着统一颜色校服排队的小学生……我猜他们都看见过他。

我终于接受了事实。那就是我们所有人都不会一路美好地走下去。我觉得我接受了，就不用害怕了。

我现在活得还不错，实习的时候把老板交代的事情做得很棒，虽然累但也开心。晚上我在超市遇见水果打折，买了两大兜提子，四个石榴和两个梨，花了二十五元钱，还喝了地瓜粥，金黄色的地瓜煮熟了带着香气，很甜。前几天骑车和电动车撞到一起，摔到马路埂子上的伤也快好了，瘀血开始扩散，受伤的地方开始变青了。就像现在的生活一样，受过很多伤才抵达现在，一切都一点点地变好，虽然有时候还是会有不如意的地方，但是我也已经很满足了。

我曾经把收到的他的短信都存在手机里，把手机放在老屋的抽屉里，后来不知怎么的，我发现手机莫名其妙地失踪、下落不明了。

人一直长大，一直往前走，会遇见很多惊喜和意外，但是有时候也会下意识地寻找自己失落的记忆和感情。也许做梦也是一种完成未完成的事情和安慰自己的方式。你曾经把青春的一部分留在我这里，我替你守着看着。后来在想，我们有一天会见面吗？也许在以后漫长的人生里会有一次意想不到的重逢，我看着你，又惊喜又紧张，想和你说一些过去的事情，却发现周遭空气里除了尴尬和局促，再也找不到共同的话题——那时我才会真正了解并懂得，我们是不知不觉地真的变得不一样了。你娶妻生子万事顺遂，而我依然做着划破闪电的梦，并将长久漂泊如云。

我还能说什么呢？我只想祝你长命百岁，祝你以后岁月无忧，祝你以后一切都好。

珍重。

祝你多年之后死于心碎

A君：

　　不知你现在在做什么，不过我也不想再知道了。而我这里，多得是你不知道的事。

　　说出来你可能只觉得可笑罢了。

　　前几日里我在寝室里烧掉了一整本上面写的全部都是你的日记，一页一页，搞得整个寝室乌烟瘴气。我被烟熏得直咳嗽，眼睛酸得睁不开。曾经想着等有一天写完了整本日记，我也便积攒够了平生所有的勇气来光明正大地将它送给你表白心意。可未等送出，你却有了一个她，真是要把我积攒多年的勇气打了个落花流水，落荒而逃了。啊，烟好多啊，都把我熏哭了。

　　我想，你大抵是不喜欢我哭的，毕竟我因为你哭了这么多次，也没见你来安慰过我。你大概不知道，其实我是个胆小鬼，我害怕很多东西，我害怕猫，害怕黑夜。可是为了你，我能变成一个勇敢的人。

　　你还记不记得那次我去你家门口等你？

　　打你电话打不通，短信不回，我也是没办法了。去你家的路上，有路灯却很暗，我自动脑补了很多犯罪片的情节，路途中每次一点点的小声响都让我把心提到了嗓子眼，一只猫在黑夜中突然蹿出来，我的腿几乎都吓软了，想放首歌打个手电筒给自己壮壮胆，才发现手机快没电了。我在你家门前坐着等你回家，身后的树丛不停地摇摆，心都揪成了一坨，可想而知我心里有多害怕。于是我拖着抖个不停的腿走到有点光亮的地方，在那儿坐着像条无家可归的流浪狗一样，被来来往往的行人看了一遍又一遍。

从街头进来的每一辆车里我都希望有你，每一个骑车的行人都希望是你。每次都不是，你回来的时候，我却少了一个等你的身份和理由。

看见你无所谓的眼神，那一瞬间对未来所有有关于你的幻想全部都成了泡沫，心揪着疼，胸闷得喘不过气来，即使用力咬着嘴唇也缓解不了。我想作为少年的你真是幸运啊，被很多人爱着也被我爱着，你是体会不到这种痛了。

那天我在你面前站起来，头发被风吹得乱糟糟的，眼睛肿着，难看极了吧，我想你也不记得了，你记得我什么呢？其实我多想在你面前优雅地出现呀。我像个行尸走肉般走回去，没志气地蹲在路边傻哭，这些你都不知道吧。

有时候我真羡慕电视剧里的人，那些怨女痴男不管在过程中独自经历了多少痛苦，他们的心意至少会被局外的观众知道。

看到这里你又该说我矫情了吧。我才不管呢，你看下去就好。

那天看见你访问我的空间，心跳像是漏了一拍，赶紧看看自己之前发的说说和状态，我像是一个没有做好准备工作而首长已经检阅结束的勤务兵，心慌意乱，绝望到底。我又欣喜又难过，欣喜的是你还记得我，难过的是我们之间大概只剩下点赞的关系了。

你是不是好久都没有看到过我的状态了，因为我感觉好累呀，我把微信和QQ都卸载掉了。以前想发一条朋友圈都还要考虑半天，会想你会不会看到，看到了会不会给我点赞。其实你根本都不在乎我在干什么和什么人在一起吧。我卸载了所有和你有关的社交软件，看不见你的行踪，像是轻松了，可是无时无刻不在处心积虑地打听你的消息。

我像是病了一样，我知道你不喜欢我，我也讨厌这样的自己。

聪明如你，我想你也应该知道我的心意吧。若是喜欢，早应该先戳破那层窗户纸了。我都懂的，从始至终，都是我自个儿矫情，自个儿演戏罢了。

那天听说你有了女朋友，眼前的复习书怎么也看不下去了。心里庆幸多亏自己卸载了社交软件，不然要怎么面对这现实。你谈起了恋爱，我却像是失了恋。

你喝酒喝多过吧，就像那种宿醉的感觉，整个人都没力气，躺在床上，饭也不想吃，话也不想说，怎么也想不通，怎么就不是我呢，怎么就不能是我呢……整晚整晚地失眠，睡着了梦里也都是你。你知道我以前是挺开朗的一个人，那段时间变得特别的抑郁、低沉、消极。室友不知道发生什么事了，也不敢惹我。

其实还有好多我为你做过的蠢事啊。我都懒地说了。我其实真的是好怀念我们刚认识的时候，可以肆无忌惮地打电话互诉衷肠，可以心有欢喜地互道晚安，可是不知什么时候，我们就走散了，再也回不去了。

你的号码我早已倒背如流，可是再也没有了拨打的理由。

你说你累了，我也累了。世界像一个巨大的抓娃娃机，你像是那个最耀眼的娃娃，我一次又一次地兑换游戏币，全神贯注地操纵抓杆，想要得到你，可是一次又一次地失败，到最后，你还是安静地待在橱窗里，我却没有多余的钱和热情再去兑换游戏币了。

你看我们都长大了，都会有自己的生活。那些过去很久的年岁里，偷偷在心底喜欢你的我，像是一只守着宝藏的巨龙，凶猛又天真，强大又孤独。

你以前常说不喜欢饭局，现在却不再躲避掺了风月的酒，心上也有了姑娘。你的衬衫也被人拉扯，领子上粘了口红的香。你开始浪荡轻浮，学会逢场作戏，借着我正爱你的风，在我柔软的心里肆意撒野。

以前的每个黄昏我仿佛都能听见你遥远的呐喊声从操场上传来，入了梦乡一抬头就能看见你的笑颜，可是你啊却绕开了我去够树杈上的彩云，吻月亮的唇。我流着泪你却笑颜欢，反正你也不爱我。

到此为止吧。我想变得酷·点儿了。

我不知以后还会不会再遇见爱的人，但我想让你知道，余生里，你再也不会遇见一个像我这么喜欢你的人了。如果你现在说也喜欢我，我想我也不会答应了。我曾经为你哭得双眼通红，乞求你的喜欢卑微到尘埃里，即便你把那真心亲自双手奉送给我，我也是不想要了。我不是在赌气，也没有报复，而是我真的不想要了。

多少年以后，当你回忆青春的时候，还能不能想起来一个平凡的女孩子曾经笨拙地喜欢过你。祝你以后死于心碎，因为思及于我。你对我从不柔情，最后我想对你残忍一次。愿你遇到的佳人都像我，愿你娶到的女孩也像我。

愿你以后平平安安。

愿后会无期。

能否把我之前的一腔柔情，还给我？

某女

后记：这是我从一个姑娘那里听来的故事，以第一人称写了下来。惟愿她好。

PART D

却道天凉
好个秋

长大了才明白

那些曾以为绕远的路

不过是本应该走的路

长大了才知道

人生里的其他滋味

纵有千般感触

不敌一句　天凉好个秋

不用岁月静好，
就要心有猛虎

有的人偏爱现世安稳，岁月静好，共剪西窗烛；而有人向往快意人生，棋逢对手，仗剑走江湖，可真酷。一个女孩子，就这么梗着脖儿与这个世界杠上了，你说女孩子天生柔弱，我偏要折腾给你看看。我认识的这个女孩子，有着美好的脸庞，做事却雷厉风行，让我无端想起古时的侠女，凭着一身武功，独行天下，雕栏玉砌，来去潇洒。而她，也早在闯荡社会这个大江湖的岁月里，练就了一颗强大又柔软的心。

人称凯瑟琳大王，一个毫不掩饰自己野心的名字，一个明艳而动人的女孩子。我向来喜欢这样坦率而直白的人，对于自己的人生"企图"从不扭捏着掩饰，凭着一腔热情就能闯出一片天。

其实我认识她并不算太久。大概是在某个自媒体群里加上的好友，之后的每天就是看她在朋友圈更新的状态，或者是去开某个会议，或者是全国各地开签售会，抑或是去美国、日本出差，偶尔放一组为某品牌拍的大片，一派都市丽人的景象，让人心生艳羡：哇！这样的人生不要太好命喔。

我曾经深深地羡慕着她这样的生活：光鲜亮丽，独立潇洒，财富自由。我何时才能抵达这样的人生？直到有一天我看见了她发的一条微博才明白，每一种光鲜的背后，都有猛虎般的情怀和不服输的韧劲。

她在微博上用自嘲和戏谑的语气说，生在二线城市，智商情商都一般，从小胖乎乎，甚至被人喊了十几年的大象腿；毕业后好不容易找份工作，却被开了；做生意好不容易赚了点钱，创业创没了；踏入互联网好不容易当个自媒体人，累死累活写稿子，阅读量却一般。

哪里有什么好命，不过是人前假装酷酷的，人后挣扎着不服输罢了。

上大学的时候，她就开始了不安生的闯荡，去尝试每一个想做的行业。电视台、广告公司、公关公司，还曾经通过网络搜索到各个国家领事馆的电话，拨打过去邀请各个国家的贵宾，接待过很多国家的政府高官和领导。这让年少的她第一次见识到什么叫作江湖，只闷头练功的人是永远不可能去华山论剑的，只有敢于尝试各种技艺，选择擅长的加以精通，才能与真正的高手过招，独孤求败。

毕业以后，她从编导行业跨行到了互联网和移动互联网行业，之后又从事电商、科技、时尚等领域的相关工作，再到如今的作家，每一个身份，都是一次折腾的见证。

接受采访的时候，她说："其实折腾的本意就是follow your heart，随着你的心意去生活，年轻人只有折腾才会慢慢梳理出自己的兴趣所在。现在的年轻人，还有多少是愿意去劲儿去折腾去摸爬滚打呢？大家都心照不宣地灌着相同的励志鸡汤，当精神上的暂时性快感消失，接着又进入持续性的迷茫。我可太熟悉周围的年轻人是什么样的了。"

有时候我就在想，到底是什么才会使一个曾经平凡的女孩子成长为现在这样一个气场强大、美丽温柔的女王呢？当同龄的女孩子都在热衷于电视剧和美容美甲、渴望有人守护岁月静好的时候，她却选择了孤注一掷走出了自己的路。是心里的那头猛虎在作怪吧？

是因为见过更大的世界，明白自己的短处，想变得更好，才心甘情愿地去折腾。有的人像遇见了危险的鸵鸟，以为把头埋进沙子里看不见敌人就安全了，生活全靠自我欺骗在撑着苟延残喘。而有的人，在危险来临之前，就已经着手准备，来把自己变得更强大。

凯瑟琳大王自己曾经说，"为了看到更远的世界，我感觉自己一直都在挑战不可能，而因为不断在挑战自己，我觉得生活有方向。"不服输的人，是永远不会停下折腾的脚步的。而她，因为这样的心性，像一个孩童那样对事物保有好奇之心，对自己对他人怀有向好之心，对于陌生的东西持有谦虚学习的态度，这让她似乎永远停留在十八岁的少女时光里，永远年轻，永远感动，永远热泪盈眶。

她是一个很喜欢拍照的小姑娘。我想，她身边肯定没有人会再称呼她为小姑娘了。她喜欢和各种美好的事物合照，照片上的她露出羞涩而温厚的微笑；她偶尔会向关注她的人分享所看的美剧，写一些温暖而向上的碎碎念；搬家的时候要昭告天下，似乎要让所有人感受到她焕然一新的快乐；被女助理拍了好看的照片，也会发出来暗戳戳地嘚瑟一下，像个买到了喜欢的棒棒糖的小女孩；用好看的餐具煮了饭，会细心地摆起来拍照并且郑重其事地告诉大家要好好吃饭。真是个可爱的小姑娘。

现在的她是多少女孩子想要成为的那种人啊。可是，有多少女孩子会像她那样，心里还存有一只猛虎呢？这只猛虎，让她能够一路生猛着，继续闯下去。

想起来金庸曾经写过的《白马啸西风》里有一句话，"那些都是很好很好的，可是我偏偏不喜欢。"现世安稳，岁月静好，贤妻良母，那些都很好，但是她偏偏不喜欢。谁说这样的女孩子不动人呢，她有自己的红硕花朵。她是从不攀缘高枝的凌霄花，她是一株独立的木棉啊。

真好啊，这样的人！我知道她现在过得很好，搬进了新房子，有好看的餐具，助理会拍好看的照片，工作有累的时候但快乐。我唯祝她心里的猛虎永在，道路漫长，永远充满奇迹。

离队少年

三月中旬的南方，到处都是花，阳光也慷慨大方，晒得人懒洋洋的，真想变成一只猫，轻轻踱着步，找个风景好的地方就那么一卧，然后眯着眼睛享受春光。人也当然是按捺不住的，在这样的好日子到处走走逛逛，闻闻花香，简直令人神清气爽延年益寿。

春天当然不是读书天，班级组织了一场春游活动。我向来不喜欢这种集体活动，在选择参不参加的时候犹豫了好久，但一想到人生漫长，大家此后不知何时还能相聚在一起，便很珍惜这短暂的难得的缘分了，于是决定参加。

春游的地址选择在一处森林公园，周边有一片大湖，岸边的芦苇丛还是上一年干枯的模样，风一吹，枯叶碰撞，发出窸窸窣窣的声音。有许多新的芦苇冒出头来，粗粗短短的，像个理着小平头、正处在青春期的男孩，什么都不怕，就直愣愣地冲着天空生长。柳树的枝条刚开始变青的时候，我觉得一把一把垂下来的柳枝像抹茶味的龙须面，现在每一条柳枝上都长出了鹅黄色毛茸茸的柳花，一团一团的，雾蒙蒙的。我们选择了一个地儿，旁边有小亭子可以K歌可以烤肉，还有蜿蜒的石子路，路旁有开得欢喜的山桃，实在是再好不过了。于是三十个人的大部队在此安顿下来。

我玩了一把游戏之后，吃了几口肉，一想到公园那么大，还有那么多地儿没去逛逛，一想到这个，我就坐不住了，便和另外两个女孩子去亭子外面走走。沿着石子路走，遇见了一座可供攀岩的假山，上面正有人攀爬，他四下寻找可供落脚的点，额头青筋暴起，咬着牙，似乎非常吃力。他一脚没有踩好，从十几米处掉下来，原本轻松的安全绳瞬间绷得笔直，看得人心里发颤。穿过一座石桥，桥的扶手上刻了其名，叫作秋日桥。后来走了一圈发现这样的石桥一共有四座，分别是春日桥、夏日桥、冬日桥、秋日桥。也许起名字的人希望这个湖心小岛上能有四季之美，但是南方一年四季都绿油油的，这样的愿望也只能成为一种希冀了。

在遇见的所有事物里，我最喜欢的是被人遗忘在一旁的蹦蹦床。它看上去孤苦伶仃的，没什么朋友，还有点儿老，护栏上的网有一处破了。我爬上去，试探着蹦了几下，居然还能使用。另外两个女孩子也爬上来，开始跳，大家都好开心啊，越蹦越高，一伸手就能够到树上的枝叶，落下来，再弹上去，像是飞起来一样。我们不知疲倦地在蹦蹦床上嬉戏打闹，像是又回到了纯真的童年时光，置身所有事情之外，这世界上似乎只有这个蹦蹦床和我们的笑声、尖叫声。有时候弹得太高，落下来的时候站不稳，就摔个马大哈，可是谁在乎呢。跳得满头满脸全是汗水，我们就脱了外套继续跳，累了实在跳不动了就干脆直接躺倒在蹦蹦床上，一颠一颠的，仿佛此刻正躺在一艘徜徉在大海中的小船上。

我在这没人注意甚至也没什么人来玩的蹦蹦床上找到了莫大的乐趣。谁都不愿意先走，就一直蹦啊跳啊，似乎浑身有使不完的劲儿，跳得越来越高，心越来越快乐。临走的时候，我又从人群里抽出身来，去蹦了一把。

春游回来的晚上，躺在床上，只觉得身底下的床在慢悠悠地晃啊晃啊。全身像是散架了一般，腿上全是在蹦蹦床上摔的淤青，动弹一下都疼得龇牙咧嘴，可是一想到过足了蹦床的瘾，就觉得值了。

时至今日，我才发觉，这么多年的成长中，其实我一直像一个离队的少年，要么带着好奇心兴冲冲地走在队伍的最前面，要么就是走在队伍后面拾遗别人不注意或者不在意的东西，用这些别人难以体会到的快乐和孤独，构建了属于自己的象牙塔，写字是，读书是，蹦床也是。

其实我这种秉性并没有什么好处：沉默寡言，清汤挂面，很难真正融入任何一个群体中，往往游离于边缘。但是在一同成长的大部队中，我始终还保留着自己最原本的反叛、愤怒和初心。当我在独处中获得快乐，抬起头来茫然地看着眼前的众人，我时常觉得我是一个离了队的少年，自己悄悄地探索着更多的地方，发现了更美的风景，运气好的话，说不定还能遇见同样离队的少年。

我这样的人注定是不讨人喜欢的，我也没想着去讨人喜欢。离队的人本身就是具有冒险精神的探险家，需要有着比其他人更多的勇气和独立。没有了集体的庇护，哪里都是风景，哪里都是凶险，可是我偏偏爱这个。

常常有人问我，你以后想做什么啊。我说，我不知道。我真的不知道。大部队是沿着既定轨道走的，这轨道要么是世俗社会制定的，要么是父母安排的，他们每个人的理想都是清晰而具体的，只要朝前走就是了。而像我这样一个时常离队的人，永远不知道自己的终点在哪儿，我是按着自己的心性来的，哪里好玩，我就想去玩一把，未知的都是礼物，好的，坏的，都是。

如果你是春天，
你就永远有花

这一生，选择一件热爱的事去做，与选择一个灵魂相契合的人去爱，
一样重要。

——李菁

因为你要做一朵花，才会觉得春天离开你；如果你是春天，就没有离
开，就永远有花。

——顾城

我曾经觉得每个女孩子都是一朵花，绽放的时候，清风自来，各有各
的风采。后来，一个女孩子的经历告诉我，不能去当一朵花。花有四季，不
能只盛开在春天里，而是要做一个像春天那样的人，不依不靠，想什么时候
绽放就什么时候绽放，想开什么样的花就开什么样的花，全凭自己高兴，自
己就有这样的力量，独立自在。这个女孩子叫作李菁。

我记不清楚是怎样认识的她。几年前QQ空间还很流行，我在空间里
看到她的文章被转载，就加了她为好友。从此，就一天一天地见证着她从
一朵不起眼的小花，茁壮成一个春天。

彼时还是一名大学生的她，刚出版了自己的一本散文集，每天看着她
宣传新书，我心里好奇，就开始仔细去了解了这个姑娘的一点一滴。现在
这个已经拥有一间客栈和灵魂爱人的自由撰稿人，那时只是一个爱看书爱

写字的有着圆圆脸的小姑娘。上大学的时候，她去应聘了学校图书馆的图书管理员，这样就能比别人看更多的书。甚至每个月父母寄来的生活费，她都是第一时间拿去买自己喜欢的书，钱不够的话，就在书店里坐着一直把书读完再走。正如她在自己的文章中说道："物质上的拮据，永远掩盖不了精神上的充裕和光芒。"

深夜的时候，同住的舍友都睡得香甜翻了个身的时候，正是她拼命码字的时候。我曾经也在舍友打游戏闲聊的时候心无旁骛地对着电脑码字，完全沉浸在自己构建的文字世界里，其他的事情都不重要。所以我懂得那种对于文字发自内心热爱的情感，那种情感很难与其他人分享，甚至有时候自己也觉得不足与外人道也。只有真正的热爱并且忠诚，才能始终如一日坚持记录，不知疲惫却享受其中。

就这样，她积累了十几万的文稿，为之后出书攒下了机会。我看她写的文章里回忆年少时给自己"出"书，把自个儿的文章打印成册，起了一个好听的名字，像模像样地写了自序，当成自己的一本"书"。我看到这儿不禁哑然失笑，原来每个喜欢写字的人都有一个出版梦，能够看着自己的文字从私人电脑上变成纸上的铅字走到大众面前，即使羞羞答答的，甚至长得不好看，但也终归是自己的孩子。

大四的时候，她选择了沉下心来考研，把所有的文学书都收进了箱子里，学英语背单词，破釜沉舟。那段时间里，她像一只飘摇在风雨中的小花，不仅要绽放，还要鼓足了劲去吸收土壤里的养分，要把根系伸得更深，要在大地上站得更稳，要一绽放就是整个春天。她凭着一股犟劲，考上了研究生，还争取到了去台湾中国文化大学当交换生的机会。

在她22岁的时候，曾经给她喜欢的一位作家写信，信中写道："我的梦想是读研、当老师，然后出书。"五年后，那位作家在清理物件的时候翻出了这封信，纸张已经发黄，但这个小姑娘的梦想，却都已经挨个实现。不仅读了研，出了书，还成为西安一所高校的教师。

似乎有一种神奇的力量，在促使着她一步一步地成为自己心里想成为的人。她把这种力量归结于吸引力法则，即你关注什么，就会将什么吸引进你的生活。任何你给予了能量和关注的事情都将来到你的身边。梦想有时候是一件"心诚则灵"的事情，有的人意志力强大，有的人不过是虚张声势罢了。有的人把自己活成了一朵花，焦急地等待着命运的垂青，以期迎来春天；而她，却凭着自己的理想、意志和一颗向好之心，将自己活成了春天，不只是绽放，还用自己温柔而坚韧的力量，去影响更多的人，去促成她们的绽放。

　　我一路见证着她的成长与蜕变，也愈加坚定着自己的信念，想变成一个像她那样的温柔而有力量的人，去见识更加广袤的世界。

　　当你自己活成了春天的模样，就不必再担心自己的人生有没有花。独立而勇敢，温暖而向上，何处都有花。2017年，她勇敢地辞去了大多数人眼中稳定的大学教师的工作，回到了故乡湘西浦市，决定要成为一名自由写作者，要有更多的时间去阅读与书写，用自己的文字去影响更多的人。

　　二十七岁时仍然单身的李菁，在故乡那个闭塞的小镇已经属于另类，和她同龄的人大多已经结婚生子，过上了柴米油盐酱醋茶的世俗生活，因此经常有人跟她讲，年龄不小了哇，随便找个人嫁了吧。

　　一个普通的人内心毫无依靠和主见，会在别人的言论和眼光里慌成一团，然后畏畏缩缩地把自己的一生草率地交出去。而李菁，一个有着坚定信念和强大精神的女孩子，她说，我不，我不要将就，我不要将就的婚姻，我不要将就着过一辈子，我永远不会放弃那个美好的期待。有人到了人生的那个节点，就开始忧虑重重，不抱希望，沮丧万分；李菁却坦然着，期待着，不慌不忙，依旧把日子过成诗，依旧保留着能够感受到生活中细小烟火的纯真。

　　就在这样的等待中，她反而遇见了最好的闫先生，阳光、高大、帅气，三观一致，有趣。我想，一个如春天般的人，永远不会缺少花，而闫先生，恰好是她等待中最想要的那朵花。

李菁的恩师雪小禅曾经说过，一个人好好活着，或者好好活过，并且曾经带给别人愉悦，带给过世界明亮，这就是意义或意义本身。李菁就是这样的一个人，其实她也并无什么特别之处，只是一个从湘西小镇里走出来的小姑娘，用努力和艰辛，一步一步地，走向那个最好的自己，不依靠也不寻找，一绽放，就是整个春天。

努力、善良、美好的女孩子永远值得祝福。祝福她永远幸福。她的人生活成了我最想要的样子，但我知道我永远不可能成为她。有幸的是在人生的这个节点上，我与她遥远地相遇，看见了她的光，从此追逐着这温暖的光，打心底里发誓也要成为这样温柔而有力量的人。落在每个人人生里的雪，不能被人全部看见。她现在幸福生活的背后，或许还有除了文字之外更多的付出和眼泪。

那又怎么样呢？一切不复返了。现在已经是春天，处处有花。

少年心是世界的盐

机缘巧合下有机会去诚品书店参加一场阿卡贝拉人声音乐的分享会，有些许感触。

分享嘉宾Basix（悲喜人生）乐队是由五个来自丹麦的老男孩组成的人声清唱团体。五个人都已过而立之年，有个矮个儿的大叔已经挺起了啤酒肚，高个儿的大叔看起来魁梧健壮，两鬓也生了斑斑点点的白发。但是当他们晃动着肩膀蹦蹦跳跳地从后台走出来的时候，你会惊奇地感觉到，这些中年人太可爱了。

你知道，在当下的社会价值观下，用"可爱"二字去形容中年人，简直有一种红配绿的突兀和不适。但是用在他们身上，再和谐不过了。他们有点羞涩地朝底下的观众点点头，便坐在第一排的椅子上，正襟危坐，认真地听台湾主持人用软软的语调说话，尽管他们什么也听不懂。主持人播放人声演奏桥段的时候，他们虽然坐着，但上半身以及肩膀都随着音乐的节奏欢乐地晃动起来。音乐一停，他们马上又安静地坐好，像幼儿园的小学生。也许是出于作为音乐人的职业习惯，但还是让人感叹，这些大叔们太可爱了。

可爱之处还在于，每一个大叔看起来都很普通，在北欧的童话王国丹麦的大街上也许这样的外国人一抓一大把，但是这个乐队里的人看起来都整整齐齐，即使彩色格子衫、红裤子和银色耳钉一块出现，也没有让人产生"这个家伙看起来像个小流氓"的感觉。因为每个人都朝气蓬勃，身上的精气神完全是一副少年模样。反观旁边坐着或站着的中年人，挺着积累多年的啤酒肚，眼神里一半不屑一半好奇，手揣在兜里打量着这五个奇怪的外国佬，而后背着手听了几句，摇摇头就离开了。

在当下主流社会油腻的中年人成为众矢之的，捧着保温杯泡着枸杞更是中年人的标配。若有个三十多岁的大老爷们儿玩人声玩音乐戴耳钉穿红裤子，如果不是窦唯、崔健等一众特立独行的人，大众不会原谅他。三十多岁的人了，你不着急成家立业买房子买车拉动内需促进社会主义事业建设，搞这些东西，对得起父母对得起社会吗？中年人的油腻，一半怪他自己，另一半得怨老祖宗留下的那么多的条条框框。

于是，那些曾经也想放肆飞扬的中年人，埋头于工作和酒场之间，在欺诈和虚伪中左右逢源，除了宝马香车美女如云，其他的都是次要目标。所以，我们现在看到的中年人，一个个脸上肥肉横生、大腹便便，张口闭口是投资和风口，在酒场上把不谙世事的小姑娘拼命灌醉才心满意足。

他们也曾经是少年，但是他们人到中年的模样，让人很难想起来他们也曾少年过。

这世界上什么都不缺，有花有酒有月亮，有美人有宝马有香车。但是如果没有一颗心去感受，那么花、酒、月亮还有什么意思呢，再美也没有人懂得去欣赏。世间美好如同桌上一道道看起来华美无比的菜肴，少了盐，吃起来淡而无味。

想起来以前看过的一个故事。有个国王，他有三个女儿，有一次，国王问道："你们都说爱我，到底是怎么爱我呢？"大女儿回答说："父亲啊，我对您的爱就像大海一样深。"国王很满意这个回答，又问二女儿。二女儿答道："父亲啊，我对您的爱就像钻石一样宝贵。"国王也很满意，他转向小女儿，小女儿回答说："父亲，我对您的爱就像盐一样。"国王听了勃然大怒："你居然把我和不值一钱的盐相比？"

于是小女儿被逐出宫殿，嫁给了一个穷人。有一天，国王的厨子做饭忘记了放盐，国王吃完一道又一道菜，只觉得口淡无味，这时他突然想起来小女儿的话，明白了像盐一样的爱，是最珍贵的。正如少年心气，是这世界的盐，少了，整个世界就平淡无味。

难得的正是那一股少年气啊，所以才让人觉得这五个中年人可爱。没有谁规定了哪个年龄必须去做什么。然而突破世俗牢笼太难了，我们都只能按照既定的轨道走着，仰望着像这些少年心不死的人。人人哀而平等。

只愿我们每个人的少年心长生不老。

世界是鞭子，
让我们痛，也让我们动

十一月份了，我想北方的人已经开始试探着穿上冬衣，从树上揪下粘着白霜的柿子。可是千里之外的南方，我晚上出去透气闲逛的时候，循着香气，竟能发现绽放在夜里的白茶花。一个团团鼓鼓的花苞，像小孩子攥紧的拳头，又像一个憋足了气的小姑娘——我要开得很好看很香呢。于是我心里觉得神奇，明明知道南北方存在地理差异，可还是会觉得自然不可思议，而人只是作为见证的一部分而存在，何其渺小啊！

忘了是哪天中午，阳光合适，风也很配合，所有人走在路上都像是刚刚恋爱。我看见某个被阳光照到的台阶上卧着一只猫，四肢伸展着，是那种非常放松地躺着，也许在睡觉，也许是在闭目养神，反正它也没有那么多的事情，随便哪一样都是可以的。匆匆而过的我，脑子里在想很多事情，想完一件事情再接着想另外一件事情，整个十月份，都是在忙忙碌碌和间歇性熬夜中度过的。我看那只猫第二眼时，它突然睁开眼睛，我们俩面面相觑，顿时我想和它交换身体：它穿着我的黑色旧衣，涂着铁锈色口红，顶着一头杂乱的头发继续在世间忙碌存活；我一直一直一直跑，跑到一处无人识别的荒原上，欣赏一片自顾自燃烧的晚霞。

回到现实里来，我还是我，猫还是猫，我继续走我的路，猫站起来抖了抖身体，又寻别的地方发呆晒太阳去了。桌子上的日历还剩两页，我才惊觉这一年又即将过去。从年初担心考不上的惶恐不安，到现在的繁重的研究生生活，好像一晃就过去了。即使来不及看清一步一步的清晰痕迹，但我愈发感觉到，人生中的欢乐太少了。能让人发笑的段子、笑话、喜剧，都不能算的，很久之后它们就被遗忘了。而那些很久之后依然还能被人想起、被人怀念的那份开心和喜悦，才算得上人生中的欢乐。而我拼命想，这样的欢乐，寥寥无几。大部分时候，我脑子里经常出现的回忆是像劫后重生的一种感慨：还好是这样或庆幸如此之类的话。

曾经有很多艰难的和难过的时刻——我是一个非常敏感而又细腻的人——于是这样的时刻就比常人多得多。而我又内向，不善言辞，也并非有着像其他小孩那般被冷落后形成的狡黠心智，所以我更喜欢一个人一点一点地熬过去。反正时间总是要向前走的，再难的事情也总是会过去的。等那些晦暗的日子过去后，我又总是一个人在心里默默地喜悦感叹：哇，终于过去了，还好熬了下来。

十月里日复一日地为了作业疲惫不堪，同时出版了一本书却迟迟不能上架让我也备受等待的煎熬。记得刚收到样书的那天，我抱着一摞沉甸甸的书走回寝室，心里有种非常踏实的开心。但回到寝室之后，打开书却发现自己写的序在我毫不知情的情况下被出版方删掉了。发消息去问缘由，出版方以我毫无阅历——所以自序没什么看点——的理由搪塞了过去。我很委屈的，自己写的非常认真的关于那本书的写作背景和介绍，就这样下落不明，于是坐在桌子前对着那一摞书开始啪嗒啪嗒掉眼泪，一边自己拿纸巾擦眼泪一边哭。我泪眼朦胧地哭了一会儿，又去看自己的书，看着曾经趴在电脑前一个一个打出来的字变成了纸上的铅字，有种非常奇妙的感觉，这才让眼泪停止了掉落。认真哭过觉得饿了，我便一边吃香蕉一边庆幸，"哇，我好幸运啊，真庆幸自己能够坚持写下来……"

对，就是这样的感慨。有一种对自己坚持到底的自我赞赏，也有一种劫波渡尽的苦尽甘来。

十月底的周末，我窝在床上奢侈地看了一部电影——《暗黑女子》，日本的影片，并不知道是哪个导演的作品，只是镜头非常的凛冽，一点儿也不拖泥带水，开头就是四个不同的故事"齐头并进"，但并不让人感到困惑。私人学校里的六个女孩子，各自都怀揣着无法言说的秘密，剧情隐忍而冗长，行进得像在暗黑隧道里叮当前进的铁皮小火车。温柔得不带棱角的人物，漫长的时间线，阴暗而复古的社团休息室……剧情转折给人意想不到的错愕和惊喜，便像寂寂的冬日浅灰色天空上，盛放的一小朵一小朵烟火。

我看的时候还是会想：嗯，真好，还好我把小组作业写完了。

十月对于我来说，真的是非常累也非常困的一个月，感觉像是被这个世界锤了，一点儿都不生猛。我很久没看书了，提笔写下的东西也不满意，经常写了一个开头又半途而废。忙碌和疾病一样，都让人变得好匮乏。十一月了，对自己的期许是：

好好看书，抽空就看；

坚持每天的扇贝阅读打卡；

衣服要干干净净、熨烫平整；

宽松的日子可提前一小时起床化妆；

记得运动和出汗；

要感受每天的阳光和风、植物、猫的生活；

认真；

要多笑。

我依然有野心，也有抱负。但我也知道不会永远春风得意，我也会有被锤的时候。不过被锤也没关系，世界本来就是一个巨大的鞭子，我们是陀螺，它让我们痛，也让我们动。

后记：

时隔三个月再来看这篇文章，那些对自己的期许，都有做到并且坚持着。成长的轨迹其实是可以看得见的，你读过的书，你跑过的步，你出过的汗，你记过的单词，都会把你塑造成你想要成为的那种人。

我的志愿

麦兜说："我的志愿是做一个校长。每天，收集了学生的学费之后，就去吃火锅。今天吃麻辣火锅，明天吃酸菜鱼火锅，后天吃猪骨头火锅，陈老师直夸我：麦兜，你终于找到生命的真谛了！"

在经历了自己的大学，经历了自己许多不想接受却不得不接受的事情后，有一天我在某个音乐软件上听到麦兜的这段台词时，心里有些凉凉的感觉：越长大越折腾，折腾来折腾去，摆在自己前面的路有无数个岔口，但自己却不知道要拐进哪一条路了。与人谈起志愿，也不过是拿一些光鲜亮丽的生活理想来敷衍，一心向往着远方的和未来的诗意，却过不好当下的生活，自己真正想去做的事情也还混沌不清。仔细想想自己还不如一只蠢萌的小猪，志愿简单而坚定。

曾想起幼年的自己也像麦兜这样，有着简单而遥远的理想。小时候喜欢吃冰糖葫芦和烤红薯，就一心想做个卖冰糖葫芦或者烤红薯的小贩。记得小学时候写作文，老师让写自己的志愿，我郑重其事地写道：我最大的志愿，是做一个小贩，有一个大一点的小推车，这头卖冰糖葫芦，那头卖烤红薯，我站在小推车中间收钱。收了钱就去买书，买了书就收摊回家看书，一边看书一边吃自己的烤红薯，看完书又去出摊……

等作文本发下来，作文分数史无前例的低，简直是我作文史上的一次"滑铁卢"。我不服气，拿着作文本去找老师，老师说："你是祖国的花朵，你要成为祖国的栋梁，你这个志愿不够远大，回去重写。"我一时找不到理由来证明卖红薯、卖冰糖葫芦就不是志向远大，只能稍微落魄地走出办公室，踢着路边一颗石子来发泄怒气，回家后铺开格子纸，开始写所谓的远大理想：我的志愿，是当一个科学家，我想用木头来制造计算机，这种木头，肯定不是一般的木头……就这样开始心不在焉地胡编乱造，凑够了字数，第二天交上去得了个不错的分数。

　　老师在讲台上谈论着我们每个人远大而宏伟的理想，我托着腮漫不经心地听。喔，我同桌想当一个画家，我用余光看了他一眼，小男孩脸闷得红红的，似乎有点儿不好意思。哟，旁边的小胖这个家伙想当宇航员……那个小女孩想当演员……我把他们都偷偷地瞧了一遍，发现没有一个人想当卖烤红薯的小贩。我有点懊恼，这群人怎么这样啊，一点儿都不诚实，小胖吃辣条的时候自己咕哝着说自己最想当个杀猪的，这样每天都可以吃红烧猪耳朵，切成丝的那种，咬起来脆铮铮的。老师在讲些什么我听不进去了。我躲在竖起来的课本后面发呆，看见教室外面打扫卫生的爷爷，正在弓着腰捡地上的纸片。我想，老爷爷也是有小时候的，他小时候的志愿是什么呢，是当一个清洁工人吗……

　　虽然后来的我懂得了写作文的时候要冠冕堂皇，但是那些问题依然在困扰着我：志愿是分好坏的吗？如果一个人的志愿是做一个种地的农民，那这样的志愿是不是就不是好志愿了呢？虽然我幼年的志愿并不被老师看好，但我并未放弃过做小贩的理想：如果能一边卖冰糖葫芦、烤红薯一边看书该多好！嗯，要是我有一家小店，既卖烤红薯、冰糖葫芦，又卖书就更好了，还可以放很多花，还可以养只小猫……

　　你看，理想就是这样被一点一点地建构起来的。后来我读到三毛的文章，看见她也曾描述自己想当个卖烤红薯的小贩，不禁哑然失笑。

　　长大了以后，见过了太多的事情和人，反而不太清楚想要什么样的未来了。在这个金钱至上、娱乐至死的现实社会里，大家都心照不宣一心一意地奔着荣华富贵走，我也是，谁还管志愿是个什么东西呢？我高中的时候无知无畏，老觉得自己以后会飞黄腾达光宗耀祖，前途一片光明，所以总是在周记本上写一些非常张狂的句子，弄得当时批改周记的语文老师很尴尬，每次写批语都加上一句"脚踏实地"。为了自己写过的这些话，我一直铆足了劲儿去学习，每次看到提高的分数和名次，都能把自己从自卑的深渊稍微拉出一些。生活真是有奔头。

其实我也好多次想过自己以后会成为什么样的人，美好的，光鲜的，甚至，万众瞩目的。因为这些理想，我会反观自己的现在，现在的自己如果不努力，又凭什么去抵达未来呢？我曾经从来没想过自己能出版书，也从来没想过能考上研究生，可现实是我把这些都实现了。我站在现在的人生节点回头去看过去，原来我也并没有什么特别之处，只是不停地写，一直写，不停地努力，一直努力，然后，未来就这样来了。

我时常对别人说，二十多岁，能够出版自己的第一本书，实在是运气太好了。实现一个理想的未来固然需要运气，但没有积累，也不能一步就跨到自己的理想生活里去。就像你和你的未来之间横亘着一条大河，所谓的运气只是保证这条河里水流平稳没有鳄鱼。但是你还是要自己学会游泳，游到对岸去。

我以前的志愿是当一个卖冰糖葫芦和烤红薯的小贩，因此我对街头巷尾的这些生意人或者手艺人就尤为关注，买东西的时候会多和他们搭几句话，以获取经验方便日后派上用场。聊得多了，知道了每个人有每个人的苦和乐，就懂得了生活的重量，原来它在每个人身上的重量是不同的。每懂得一点，我就记录下来，逐渐就养成了写作的习惯。就这样，一直慢慢地，写着。

曾经有人问我以后想做什么，我并不清楚。你现在问我，我想，我的志愿是开一家卖书卖花卖冰糖葫芦、烤红薯还养着猫的小店，可能就在街角旮旯那儿。然后我就坐在柜台里收钱，不看书的时候观察每一个来店里的人，然后写下这个人的故事。

五月天有首歌唱道：这一生只愿只要平凡快乐，谁说这样不伟大呢？

我用了四年，
终于"杀掉"了那个女孩

　　厚重的窗帘像一道坚固的大坝，把夏日猛烈的阳光阻隔在另一面，阳光张牙舞爪如洪水猛兽，却也无可奈何。我整理着女孩的遗物，一些杂七杂八的东西，三年前的收据单，四年前的高考准考证，看过的电影票，都还留着。我在心里冷笑一声：小姑娘，你还以为自己拍电影呢？再说了，什么都留着，就能回到过去了吗？

　　我把这些代表着过去的东西收到一个袋子里，扔到一边，我斜躺在椅子上，放松身体，闭着眼睛休息。这家伙的东西简直太多了，清理掉女孩的遗物花了我不少力气。

　　我闭上眼睛，眼前的漆黑里却浮现出她的种种从前。

　　唉，那可真是个废物啊。

　　彼时的她固执得要命，犟得像头牛，高考的时候报志愿非得去外省，好像在省内的大学就不能领略诗和远方。第一年的分数明明能去个省内的大学，她心里却认了死理，报志愿的时候背着大人胡乱填写一通，第一个志愿写北大，第二个志愿写清华，就她那点勉强上省内本科的分数，结果可想而知。第二年高考，她如愿去了省外，却没有如愿去到想去的地方。

　　入学那天，她穿着一件蓝色的娃娃衫，暗红色格子长裤，对比异常鲜明，她走过学校里长长的街道的时候，回头间看见有穿得异常清凉的女生指着她说着什么，又捂着嘴笑。她的心突然不安起来，提着沉重的行李，一步一步地向前挪，满头大汗也不知道向别人求助，独自前行，又胖又土又笨拙的样子，真是令人想笑。

说起来，她也是个心太细的人，什么都在乎，太脆弱，极容易受伤。走在一群人前面，那群人突然笑起来，她会紧张到手心出汗，几乎连路都不会走。真是让人生气啊，一个人，怎么能敏感到如此呢？

她不太擅长处理人际关系，往往是人家对她好，她就对人家好，虚与委蛇的热情和亲切，她招架不了。她努力地想取悦身边的人，但那些人还是有意无意忽视她，有时候会因为朋友圈里的某些话，就会被其他人误解。说起来真是要被这个蠢蛋气死。那天她在QQ空间看到一段话说得很有道理，便复制到自己的朋友圈里，复制完继续看书，结果却被室友打电话叫回寝室，被质问朋友圈发的这段话什么意思，是不是针对她。她想不出话来反驳，急得满脸通红，支支吾吾地解释不通，只会晚上睡觉的时候躲到被子里哭，一直哭到睡着。

她太胖了，胖得让我恶心。肚子上的赘肉足足堆积了三层，下巴快融进脖子里了，穿的裤子被肉撑得紧绷绷的。但她却毫不悔改，吃的时候把什么都抛在脑后，看见别人美好的身材的时候又自卑不已。

真是让人生气啊，很早就想杀掉她的，这样的人，为什么要活在这个世界上？

我曾经在她晚上做梦的时候掐着她的脖子训斥她。我知道她在梦里一踮脚尖就可以飞起来，飞到那些云层里，俯视下面的雕像和建筑。可是人不能一直活在梦里。前两年，我看着她这样浑浑噩噩、自卑自负又丑又胖又无知又孤独地活着。第三年，我终于下定了决心，要杀掉她。

第四年，我杀掉了她。

是什么时候呢？

也许是在夜晚的操场上，趁她夜跑的时候；也许是在图书馆安静无人的角落里，她看书的时候；也许是在晚自习回去的路上。

反正我知道我终于把她杀掉了。她再也不会为了合群而附和别人的意见，她再也不会在别人挖苦她的时候一声不吭。她再也不甘心当一个胖子了。

　　我把她以前的照片找了出来，用剪刀横着剪了一排，又用剪刀竖着剪，完整的照片变成细碎的硬纸屑飘下来。那些过去也应该随着照片被毁掉了。

　　我希望她是理智的美好的漂亮的，既是自己的骑士，也能是被人宠爱的小朋友。过去也许过得艰难，以后也许也有艰难，但是过去的她已经被我杀掉了，那些自卑不会再滋生了。

　　她是我，我是她。

　　那个被我杀掉的女孩子，后会无期。

祝亲爱的小孩，
终会变成响当当的大人

多年以后，我总是会想起来那个遥远的幼年夏日。热烈的阳光刺得人睁不开眼，我眯着眼睛露出一条缝，只能看见眼前汽车经过扬起的黄土。顶着头上的烈日，我一个人走在去学校的路上，时间还早，也不着急，除了抬头看看掠过的飞鸟，低头寻寻路边的蒲公英，还会幻想十年乃至二十年后的自己是什么样子。对于一个十几岁的孩子来说，十年的光阴已经足够漫长了，漫长到一个人可以脱胎换骨。我沿着公路直直地走，漫无边际地想。

十年后，应该能够变成一个厉害的人了吧！到底什么样的人算是厉害的呢？那时的自己对"厉害"这个词的概念尚不清楚，总觉得变成大人就好了，变成大人就能解决一切了，因为总觉得大人是有权利去做任何事情的，所以内心里急切渴望变成大人。转而又生出一种沮丧感，尚在读小学的我，要念完初中，念完高中，念完北大或清华，才能变成大人，要好久啊，久到看不见一点光透进来。当下的时间里，我只能继续踢着石子去学校。

写作业的时候偶尔会跳出现实来，托着脑袋又想：变成大人的我，会不会想起这个时候的我呢……尔后就是在写作业、考试中波澜不惊地度过那样晦暗又肥胖的少年时代——长长的头发被一股脑儿地向后扎起来露出光秃秃的大脑门，戴着一副圆圆的眼镜，缩在教室的边角里，躲在一摞书后面，众人只看见个头顶，喊一声名字，抬起脸来，目光呆滞，面无表情；磨出毛边的羽绒服上全是笔水和墙灰的痕迹；课间出去跑操，肥大而劣质的校服裤子被风灌满胀大，腿上像套了两个大麻袋，即使觉得难为情也只是一瞬间的事情，只顾着满操场地仰着头寻找隔壁班的秀气少年。

上体育课的时候我一边做热身运动，一边瞥见站在队伍一角的女孩子，脸色白净，四肢纤长，烫过的头发卷曲度正好，松松地扎着，阳光透过她的头发，给她整个人罩上一层柔和的暖光。真好看！我扭头看着她，满心羡慕，可是我又不知道怎么才能变成她那样美好的样子。我们俩看起来像是两个世界的人，她张扬，活泼，蹦蹦跳跳，和任何人打闹，而我又胖又丑，和人在一块玩只觉得不自在，只能坐在操场一角，远远地看着，羡慕着，满心忧伤。

可是那时我又有什么办法呢？每日里只和格子纸、单词、公式打交道，为班级排名和数学成绩患得患失，只懂得吃饱了饭要赶快去学习，哪里懂得减肥、变美这些事情呢？那时的我在别人眼里不过是个努力向上却没什么大进步的胖女孩。

从那个遥远的夏日到今天，算起来也将近有十年了。

我曾偷偷地去看曾经暗恋的男孩子的社交主页，他身边的女孩子都换了好几拨；也曾经对着镜子暗自端详，瘦是瘦了，可也能看见以前的影子。如今，好多事情都变了。以前我没想过自己会成为一个这样的人，写了很多字，跑了很多路，减了很多肉，听了好多故事。

今天考研成绩出来，收到一个学妹的消息。

"姐姐，我来还愿了！"

"如何？"

她发来考研成绩截图，实打实的399分。

"很棒！"我非常开心，因为我深深地懂得考研人坚持到最后的不易。

"坚持和对自己有所要求，是你教会我的事情。"

很高兴当了一回锦鲤，也很幸运能够通过自己对别人产生一点点好的影响。曾经一心想要变得厉害的小孩，现在真的是一个能够发出一些微光的大人了呢。只有自己活得明白，活得通透，才能照亮别人。

原本觉得遥不可及的事情，在一点一滴的积累后，都触手可及。然而大部分人都只看得见结果，却不懂其中的辛酸，坚持不过是在过程中顺便养成的习惯而已。人生那么长，要掂得清，到底要过什么样的人生，到底要如何对自己进行管理。我现在才明白，以前的丑并不可怕，在应该努力沉淀的时间里，不应该分心顾着变美，再说了那时候变美有什么用呢？不过是能够吸引一些男孩子的目光，在班里灰头土脸的女孩子面前趾高气扬——远不如提高成绩来得实在。

　　曾经灰头土脸的我，现在也变成了会化妆、喜欢拍照的女孩子。相比于我青春里出现过的那些女孩子，这些对于我都来得很滞后，我也是很晚的时候才体会到这些女孩子玩游戏的乐趣。我曾经一直抱怨着那个卑微到尘埃里的自己，却忽视了她是一只茧，攒足了劲儿，等待翅膀发育成熟，早晚要挣脱出来的。而那些过早地破壳而出展示美丽的孩子，是飞不远的。

　　这些年，一直在不停地读书、思考、记录，记下自己所闻所见和所感所受，坚持着做了一些不问为什么的事情，时至今日，也终于看见了一些好的结果。之前不过是想在文字构建的帝国里躲避眼前的苟且，但是在日复一日的坚持中，却在其中发现和得到了更大更圆的月亮。

　　现在的我会幻想更远的未来，跟画画似的，这儿添一笔，那儿添一笔。我也知道要和幻想里的那个我见面的话，也会很难，就像童话里的王子见公主，要翻山越岭，煮透孤独，熬败月光，杀死恶龙。

　　怕什么呢？你手里有剑，心里有花，终会响当当。

足够坚韧，才足够幸运

之前我写过很多的鸡汤励志类文章，现在却成了一个反鸡汤主义者，大有点物极必反的味道。当我在电脑上打下这个足够鸡汤的标题时，在心里不禁鄙视了自己一把。

但自个儿心里，还是有种说不出的高兴。

给读者寄书，是自己写的书然后签自己的名字，还有很多本书需要寄。那些可爱的人儿嚷着说："哎，别忘了给我签个名啊！""签名签名！"有一瞬间我觉得买书的人是出于好意，不至于让我一个刚上路的小透明作者太难堪，所以以买书来善意地推我一把。即使这样想，可心里还是高兴，而我又不是一个内敛的人，于是忍不住发朋友圈感慨一波："真是出息了出息了，活到现在终于有人要我的签名了。"

出息了啊！

之前有个考研的学弟在我朋友圈的状态下面说了一些非常刺耳的话，以前的确有过一些不愉快，但是很久之前已经澄清误会也和好了，我以为关系如初了。换成以前的我，一定会找他争论一番，甚至会气到眼泪汪汪。而现在的我，不过是风轻云淡地回了他一句："你先考上研再来评论我吧。"甚至都不需要回复他，但是这样的人就应该教给他一些做人的道理。

这样看来，算是比以前懦弱无能的我出息了一点，现在的我，更有底气。

最近总是会听到有人对我说："呀，你出版了书，好厉害啊！"而我总是以一句"哪里厉害，不过是我运气足够好而已"搪塞过去。二十多岁，未解世俗的规则，一无所有，却出版了一本自己的书，何其幸运。而我从不愿多讲，这幸运背后的付出与坚韧。因为我有一点私心，那就是希望人前的我，是毫不费力和云淡风轻的。一旦讲清，故事就不可避免地落入了俗套，那就是，这世界上，真的没有平白无故的收获，也没有从天而降的好运。

故事要追溯到三年前，从那个盘腿坐在床上，对着电脑敲敲打打的小女孩说起。哪个文艺青年没有做过有关文学有关诗意的梦呢？但是谁又能抵挡得了自己的懒散和拖延呢？为了强迫自己每日写作，开了公众号，并且像卖产品的营销人员一样给自己的微信好友挨个儿推荐。刚开始的时候，只有八个人关注，而且还全是亲朋好友，不关注我脸上挂不住。我那时候也特别讨人烦，写文章就写文章吧，写完文章还要发给别人看，别人不看还要在后面追着催人家看。

我每日写文章，一边安慰别人，一边也是安慰自己，那时的我性格孤僻，游离于班级的边缘，经常感到迷茫和孤独，于是把一腔热情灌注到文字中。也许文章中的几句话能引起别人的共鸣，文章被不断地转发，关注人数也从个位数变成两位数、三位数。后来关注的人数多了之后，写作于我而言，不再是一件私人的事情，而是一种责任感。几天不更新，看见后台的催更消息，心里也会翻江倒海升起一番感慨。于是，每日写文章成了首要大事，走在路上的时候想着怎么写，躺在床上的时候想着怎么写，期末复习的时候也会在图书馆的机房里找个空位打开Word写。

写得久了，就感觉像掏空了自己，写不出来新的或者能够打动人的东西了。那样一段焦虑的时间，我经常坐在桌子前绝望地发呆，那情形就像一个老农民坐在地头一脸绝望地望着干枯龟裂的土壤。

怎么个坚持法，我已经记不清了，只觉得自己像一根芦苇，风往哪边吹，我往哪边倒，但就是不认输，扎下的根坚韧得很。就这样，一路被锤着，也一路生猛向前，写鸡汤，也试着写小说，也学着写文案，还接过一个广告。后来有编辑在微信公众号后台给我留言说要谈论出书的事情，所以，就有了我现在的第一本书。如果没有之前的积累，即使有从天而降的好运，又有什么用呢，你没有能拿得出手的东西。

第一本书的扉页上介绍说，最自豪的一件事是减肥成功。一点儿不假。我从一百三十多斤减到一百零几斤，跟整容了一样，瘦下来以后回到家连我妈都差点儿没认出我来。我三个月暴瘦二十斤的故事在女生宿舍之间流传甚广。不少人问我如何减肥，其实不过就是"管住嘴，迈开腿"。我自己也承认，那是我对自己最狠的时候，早晨吃一个鸡蛋喝杯粥，中午就吃点儿青菜，晚上喝几口清汤再去操场跑七八公里，坚持一两个月，硬生生把胃饿小了，整个人瘦了两圈。现在想起来那种苦，都有点心疼自己，是怎么熬过来的啊。

一路被生活锤着，一路也没停着。我知道有一种用来做绳子的麻，需要浸在水里捶打，才能变得柔软坚韧。而我，曾经是被浸在水里遭受生活捶打的麻，遭受的捶打越多，反而变得越坚韧，才能够担负起更重的东西。所以，机会来的时候，我都准备好了。

没有励志，也绝不想煽情。你体会不到这些，是因为你接受的捶打还不够多。而我也不过是一个刚上路的人，接下来的捶打会更多，但我也知道，我也将担负起更重的东西。

PART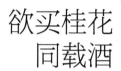

欲买桂花
同载酒

忆我少年游，白马银锭千杯酒

江湖夜雨时，也曾仗剑随波流

愿出走半生

归来情依旧

桂花和美酒还能一同享受

谈不完的江湖事

道不尽的人生愁

薄冬苏州

下午六点钟，天色一下子就暗了下来，长街上一溜红红绿绿的路灯都亮起来，跟提前说好了似的，连草地上被光映亮的雕像都带着一股"大伙儿心有灵犀哇"的骄傲。倒不算冷。

若是北方的这个时候，走在大街上，恨不得整个人变小全缩到衣服里去，手也得揣兜里，不然一会儿的工夫，手背、关节就开始变红，再被冻一会儿，怕是连知觉都要没了。街上冷清，人都躲在屋子里守着热气，树没了叶子，也没有鸟儿能说话解闷，麻雀？它只顾着贴着地面觅食，仅有的同情心早被冻住了，哪里还顾得上树。于是树也落寞得很。可是这个时候的南方，走在路上，可尽情地把手伸出来。呼一口热气，看不见形状。大家倒是都围着围巾，但衣服都不好好穿，敞着怀露出里面好看的毛衣，裙子下面露出一截白皙的小腿，靴子上一圈儿毛茸茸的绒毛装饰，此刻也只剩下装饰的作用了。

没有风，大家都整整齐齐的，桂树一动也不动，一水的绿叶像披挂的徽章，矜持又不怒自威。没寻见梅花，偶尔在路上能看见紫红色的茶花，藏匿在肥厚的叶片身后，像是怕被发现抢了梅花的风头，梅花听闻后过来揍自己一顿。茶花开得盛了以后，就变成了樱花粉的颜色，一点儿都不腼腆，香气繁华。

食堂里卖饭的老爷爷说话慢吞吞，还拖着尾音："同学……你要点什么呀……"我指了一下。"喔，给你拿哟……"他慢腾腾地拿起来，又慢腾腾地装进袋子。在他身上，我有一种时间突然变慢的感觉——你自己大可慢下步子来，甚至还可以再买一碗粥坐下来一小口一小口地喝，反正有大把时间。

我接过食物，只觉得心情明亮。冒着腾腾热气的面饼把干净透明的塑料袋也拉下水，熏得它全身都是小水珠，跟颠颠儿小跑了一路的大白胖子一样，冒着汗。

街边的桂花树早就谢幕了，昔日里斗志昂扬地散发着香气，这会儿却满身绿叶风轻云淡着。若细细嗅着，空气中还荡漾着几缕香气，于是还能发现几棵倔强不服输的主儿，不信，你走近了看，桂树叶子底下，还梗着脖儿迎着风开着星星点点的淡黄色小花。

再走几步，看见街拐角处水果店老板的小崽子，穿着一件棕色毛茸茸的连帽衫，头上戴着帽子，只露出来一张肥肥的小脸，远远看去，跟一只偷跑出来觅食的小熊一样。他捧着一块烤红薯，整个脸都埋到温热的红薯里面，再抬起头来，满嘴满脸粘得都是红薯晶莹的瓤。真想过去捏一把他的脸。

苏州的初冬，是薄薄的一层。日历上提示着立冬到了，但是一看见绿树红花，冬的味道就一下子被冲散了。想起来"薄暮"这个词，那是将近黄昏日光刚要减弱的时分，天空依然明亮，但地上的人却觉得有些恍如隔世。苏州的初冬就如同这样，各处石桥边的垂柳连叶尖都是绿的，每天清晨还有钓鱼老翁搬个马扎坐着钓鱼，怎么都不像是入冬了的样子，但是却又是实打实的冬天了。

我是地地道道的北方人，二十多年，从未见过南国的冬天，潜意识里觉得冬天就是天地间空旷光秃，偶尔有几只冻得畏畏缩缩的麻雀在地上蹦跶着找食，其他的，连只狗都很难看到。露天的水管被大人用各种布片围得严实，有时候早晨起来还是会发现这家伙被冻裂了，委屈巴巴。柿子树努力挽留着最后一片叶子，北风却狠了心不撒手。其他的树都在旁边看着，敢怒不敢言，毕竟谁都不是北风的对手。我见惯了北方冬季的肃杀，哪里领略过南方冬天的温柔。

等到在苏州经历了这般花红柳绿的冬天后，不仅走在路上感叹，也要在朋友圈更新动态大发感慨：哇，南方的冬天怎么这么绿啊！动态底下有南方朋友评论道：傻孩子，南方会一直是绿色的。

女孩子应该更喜欢南方的冬天，南方的秋天到冬天之间是慢慢地过渡，这样她们就有机会穿好看的衣服久一点儿。各式各样的风衣、大衣，套在长裙或者连衣裙外面，胆大点的光着腿，踩着高跟鞋，身姿挺拔，骄傲得像一只小孔雀。北方可别提了，能在秋天里享受几个风清云高的好天气，没有沙尘没有大风，就得对上天感恩戴德了。刚穿了几天大衣，一转眼气温骤降，一夜北风，就到了零度，得赶紧从衣柜里扒拉出羽绒服、大棉衣裹身上，围上大围巾。自个儿觉得武装到牙齿了，一走出门去，恨不得马上滚回去披个被子再出来。甭说什么大衣了，保暖才是第一要义。北方的大街上，姑娘们个个都裹得圆滚滚的，被冻得老老实实，谁也不敢造次，大衣、裙子等早就被搁置起来了。

走在这样的冬天里，整个人也变得软软的，很容易忘掉一些事情，又生出许多莫名的微小的喜悦和感动。前尘隔海，故人不再。走过的路，感受过的世界，却一直能留在记忆里，寂寞的时候拿出来下酒，一想到自己曾经领略过这般美好，浑身又敞敞亮亮了。在这样广大的时空中，也不觉得遗憾了。

春光治愈一切，
永远活下去吧

夜里失眠，睡眠断成一小截一小截的。

凌晨三点的时候，万物都似乎沉沉睡去，全世界只留自己一个人清醒着，平日里感兴趣的事物都不再有意义，厌世感开始四下弥漫，于是只想找着一样也未沉睡的物件，紧紧地抓住，以抵消巨大的空虚感。亮着屏幕的手机是唯一的救命稻草。打开一个软件，一个接一个地滑动视频，直至看得眼睛酸涩，却依然毫无困意。真让人绝望。不知道什么时候入睡的，醒来一看已是上午十点多，想振作起来但就是没有力气爬起来，心里呜呼哀哉又浪费了一天，几乎快要崩溃。

我很久没有出门了，不知道天气和温度，在大家都"轻装上阵"的大街上，我披了一件厚厚的大衣。有几个穿着薄薄的肉色丝袜的女孩子像看怪物一样看我。在去拿快递的路上，和煦的阳光终于让我感受到久违的暖意，看到前段时间还是光秃秃枝条的橡皮树居然满树繁花。

春……春天吗？真好啊！自暴自弃的内心突然温柔起来。

楼下的地面上到处是一大块一大块温和的太阳光，有风但不碍事，依然是暖暖的，连阳台上的栏杆也放下了昔日冰凉的敌意。气温一下子升高到二十多度，让人猝不及防，于是大街上的人们穿着各种季节的衣服，有穿着大褂衩擦汗的年轻人，有裹着大衣的女学生，还有穿着夹衣里面只套了个T恤的男孩子。

人们走在街上，被温暖的空气包裹着，像是浸在一汪永久的温水里，身心放松，只想慢慢地走，慢慢地看。

小区栅栏里不知名的树开了满满的一身花，紫粉色的花朵攒着劲儿开，谁也不认输，争先恐后地，一脸的偏执，这些小家伙怕是不知道明儿个就要大幅度降温吧，有些花儿就精明得很呢，一副老成持重的样子，试探般地露出一丁点儿花骨朵，暗戳戳地下定了决心要选个更好的日子开花。比起来不谙世故的小家伙，这些稳重的花儿倒多了一些羞涩的感觉。枝头上鼓起的花苞，像停驻的小雀，又让人想起来古代明媚又美好的少女：见客入来，袜刬金钗溜。和羞走，倚门回首，却把青梅嗅。

风真好啊，吹到脸上，像是白白胖胖的幼儿滚到你身边来，扑到你怀里抬头给你一个纯真又响亮的吻，带着奶香味的。触目所及，都是一片万物生长的气息。周围的环境里有人声、汽车鸣笛声、鸟儿叽喳声，可让人莫名觉得这样的好天气里自带着一首温婉悠长的背景音乐。

我曾经和一个朋友说，如果看到了美得让人震撼的事物，即使马上死去也不遗憾了。她纠正我说，美好的事物，会让人想永远活下去。

想永远活下去。

想变得活力满满，去见证和感受更多更美好的事物：春天这么美好，怎么忍心马马虎虎过下去？我走在春风里，仿佛有一种力量在悄然治愈我抑郁低落的心情，突然想起王小波的话，"没有什么能锤我……我觉得自己能一路生猛下去。"

逐渐恢复一些元气，好像明白了许多东西，像一个懒惰的人从自己编织的美梦中忽然惊醒，发觉有许多事情要去做——要白，要美，要瘦，要开心，要蹦蹦跳跳，要很多爱也要很多钱，大概还是因为，还是想要用力地一路生猛地活下去吧。

清醒过来才知道，生活就像王小波说过的那样："生活就是个缓慢受锤的过程，人一天天老下去，奢望也一天天消逝，最后变得像挨了锤的牛一样。"生活早就锤向了我，经历了很多个不堪、无法忍受、难过、艰难困苦、抑郁的时刻，可是因为遇见了春天里美好的一切，让我想起曾经设想过的和春天一样美好的事物和理想，比如晴朗天气里的晚霞，去海边喝酒，和朋友吃肉，去驾车兜风，去吃好吃的，去玩高空蹦极……这些摆放整齐的理想像这个春天的风和温度一样熨帖，让人有想永远活下去的欲望。

我被春光治愈了。

我二十三岁，这是我的黄金时代。我还有很多很多的事情要去做。

在这样美好的天气里，我觉得我勇敢也无畏，像春天一样不可战胜。我觉得自己会永远生猛下去，什么都锤不了我。

女子拍照图鉴

  我透过公交车的车窗看见她。绿灯亮起,两边的车流戛然而止,斑马线上的行人寥寥,扎着双马尾的女孩子先急急地走了几步,她的同伴是个微胖、留着短发的女孩子,留在原地,迅速举起了手中的手机,对着前面的双马尾女孩拍照,此时的双马尾女孩则在白色的斑马线上做出不经意的回头动作。拍下了照片,双马尾女孩又急忙奔过来看微胖女孩刚拍下的照片,俩人一边走一边看手机,双马尾女孩手舞足蹈,亲昵地使劲搂着微胖女孩,大概是拍到了心里想要的照片。

  此刻绿灯还剩下四秒。

  我知道是什么样的照片,我想你也在很多女孩子的社交网页上看见过。照片上的女孩子笑靥如花,或许并没有直视镜头,或许只是一个不经意的瞬间,经过精心的修饰和调整,最后呈现出来的结果,会让人产生一种"看起来像是一直都过着美好而梦幻的生活,只是恰巧那一刻被人拍下来而已"的错觉。

  女孩子啊!看见类似于这样拍照的女孩子,我总会在心里默默感叹一句。我也是个女孩子,知晓大多数女孩子拍照的方法,如果把每个女孩子的拍照方法编纂成一本拍照参考书来使人参照鉴赏,那成书的体积和分量应该相当可观了。

  拍照对于女孩子来说,其实是一件乐在其中的苦差事。你看见过的所有好看的云淡风轻的自拍背后,都积累了无数个天时地利人和的瞬间。这里面讲究大着呢——光线要完美,不能太暗也不能太亮,背景要干净,要敞亮,要温柔缱绻,要随意浪漫;妆容要自然通透,最好是根本看不出来化了妆,然后拿着手机向下倾斜45°,摆出各种表情,咔嚓咔嚓拍上十来张,然后逐个儿拣出来检查一遍，对比几遍，选出一张最为满意的，然后悄悄地把肉肉的脸修得瘦一点再放到社交网站上去，不一会儿，就在照片的评论区里收割好几亩的赞美声。她们才不管是不是真心，光是看见那些漂亮话就觉得开心，走着路就想蹦蹦跳跳，像一只欢快的小动物那样。

出去玩的时候更是谨慎，头天晚上就开始琢磨着穿哪件衣服拍照。第二天一定要干干净净整整齐齐地出门，到了地儿，一只眼睛看风景一只眼睛寻找合适拍照的地方。找到了适合拍照的地方，务必要发扬"人不要脸，天下无敌"的精神，在游人如织中如临无人之境，该倚门嗅花的忘情嗅花，该顾盼生姿的就左右顾盼，该笑得花枝乱颤的就嬉笑打闹，绝不能含糊。顾忌人多或者是怕别人嘲笑而放不开自己，拍出来的照片就扭扭捏捏，毫无生机。除此拍照大法之外，还有拍大长腿系列。被拍照的人一定要朝前伸出一条腿，绷紧了身体；拍照的人蹲下把手机斜着放，这样一米五的人能拍出一米八的效果——这个方法，除了钢铁直男，早已是女子之间心照不宣的秘密了。

于是想起来之前十二月末，我和朋友去拙政园赏梅，为了拍出好看的照片，在南方零下的天气里，硬抗着冷空气，把厚外套脱了只穿着好看的单衣拍照的事情。我跟朋友说，我一定得写一下咱为了拍照所做的英勇事迹——居然敢对抗南方冬天的魔法攻击！朋友笑得乐不可支，说道："那你得好好写，一定要写出我们那种为了拍照'说脱就脱，该脱就脱'的精神！"

女子爱拍照的这个理，我估摸着放诸四海之内皆准。年龄覆盖三岁娃娃、十八岁的花季少女，再到中年的阿姨婶婶，还有满头银发的老妪。记起来一件有趣的事情：

三月中旬我约了朋友去某个度假山庄泡温泉，去得有些早了，就在入口处的宽敞地界上到处转悠。空地上的大喷泉也没有开，池子里裸露着光秃秃的铁管子和纵横交错的电线，像未完工的施工现场，一派潦草。旁边倒是有几棵剑兰，长得很丰盛。几个同样来得早的阿姨就站在剑兰旁边，开始拍照。先是和剑兰合影，然后又换个儿自拍，我站在旁边没看明白：不就是几棵树，这到底有什么好拍的？

等进去换了衣服泡到温泉里，周围水雾缭绕，倒也有几分人间仙境的味道。几个阿姨并排坐在温泉里，其中一个拿着手机朝我喊：小姑娘，麻烦你给拍个照片呗。我小心翼翼地接过手机，对准这几个阿姨，我喊"一……二……"，阿姨们马上露出整齐划一的微笑，互相搭着肩膀，跟提前商量好了似的。拍一张还不够，各个方位，各个姿势，都要来一遍。阿姨们的一贯套路是，管他好看难看，先拍下来再说。然后齐刷刷地都发到朋友圈去，心里美着呢。

心里伤感的人是没有心情去拍照片的。一张旧照能勾起很多回忆，能让人暂时从现实里置身事外，逃到回忆里温暖一阵子。也许那时候还听不懂情歌，也许那时候还没有走散，也许那时候那个人就在你身边。记忆那么多，一颗心怎么能容下？我能理解喜欢用照片记录生活和世界的人，他们都是想留住生活里的一些东西，不至于在这个快节奏的时代里把过去的事情遗忘得太快。有没有意义呢，其实谁都说不上来，在不在乎，只有见过的人并且拍下来的人才知道。

如果有一天，真的有一本这样的书，那么，它的意义不仅仅在于教人们如何拍出好看的照片，更在于教会人们如何发现美，如何留住美。所有可爱的女子，都应该用照片记录自己的岁月。

想起来叶芝的一首诗：

当你老了，青丝染上霜斑，
当你睡意深深，倦坐炉边，
请你取下这本诗集，缓缓阅读，
回想当年你那温柔的眸眼以及影子的幽暗。

这也是，拍照的意义。

我生命中的某一天

这一天极其普通，与其他的日子并无什么不同，平淡而冷清。很多年过去之后，回首前尘，也未必能把这一天单独拎出来。然而，生命中的大部分时间还是由这样的日子组成的。一旦懂得这个道理，想必会有很多人感到沮丧——没有诗也没有远方。但是人往往会因为向往远方的诗意而忽视了另一种诗意，即生活本身。

上午没有课。闹钟响的时候，我看见窗帘那儿溜进来几缕光。我揉了揉眼睛，坐起来，在这洪荒宇宙中，奢侈地发了一会儿愣。想什么呢，其实我也不知道，然后慢腾腾地下床，穿衣洗脸。九点多出门，走出去被突然侵袭的寒气冻得一哆嗦。这样的春天还是太单薄啊。

走到食堂二楼，远远看见餐台，就急匆匆地加快了脚步，走到餐台前，发现餐台上摆着的不锈钢餐盘里，还有五个蛋挞相亲相爱地依偎在一起。我松了口气，拿起夹子夹了三个蛋挞放到盘子里，居然有一种腰缠万贯的底气。果然好吃的东西都会给人力量，伤心的时候去吃甜食也不是没有道理。

你要是不信，那你肯定没有尝过刚烤出来的还热乎乎的蛋挞。麦兜里有句歌词叫作"春风吻我像蛋挞"，如果你走在春风里感受过"吹面不寒杨柳风"的温柔，那你就能体会到这家伙带给人的超能力。银色的锡纸包着的蛋挞，外圈层层的酥皮一碰就碎，真真是个玻璃心的家伙，让人简直不知道怎么办才好。内里焦黄焦黄的，像腌透了的咸鸭蛋黄，鲜得直冒油花。我小心翼翼地端到桌子上，再小心翼翼地拿起一个放到嘴里，连带着酥皮和馅咬一口，甜甜的，香香的，脆脆的，幸幸福福的，美！

吃过蛋挞的早晨，沾染了一身甜丝丝的气味。多好的早晨啊！

到了学校，找了条没人的小路去读英语，大声地读，翻来覆去地读，读的时候看看周围的大树，看看周围的花花草草。新生出来的小草尖上挂着晶莹的泪珠，欲掉不掉的，像美人受了委屈窝在眼眶里的一滴泪。蹲下身来，仔细看眼前的一大片小草和青苔，上面都挂着晶莹的露珠，是天上的小星星吧，夜晚的时候悄悄跑出来玩，太累了就直接睡在草丛里了，还没起来呢。

读完了英语，回到教室，看了一会儿《哈利·波特》的原版小说，然后又在微信上和朋友插科打诨了几句，中午就过去了。像这样的时刻，在此后漫长的人生中，除了现在被写下来，是再也不会被记起来的。

下午的时候上专业课，男老师是个有点儿特立独行的人物，日常西装领带，威尔士亲王格子长裤，棕色尖头皮鞋；天冷的时候会在外面套一件黑色长风衣，看起来像是黑帮老大一样。他常拿一件牛皮公文包，坐椅子之前势必要拿手绢擦一下椅子，然后慢条斯理地从包里拿出来水杯、教材。刚开始上课的时候他的这一套动作做下来把我们看得一愣一愣的——真讲究。今天课上到一半，谈到人情世故，他突然转了个弯儿："我最喜欢的事啊就是得闲的时候给我爱人写小说，她是我唯一的读者……"后面说的是什么都不重要了，底下响起来惊呼声和掌声。

"多浪漫啊。"有个女同学说道。

以前我觉得这位老师爱说教，时常告诫我们要观察生活，用心感受，每次都说，就感觉好烦。但今天的课让我觉得他其实是一个挺可爱和有心的人，懂得如何生活。相信我，懂得如何生活的人，也更懂得如何去爱人。

下了课，我故意走得比较慢。我不想和任何一位同学碰到，我只想一个人安安静静地走路。我走路回去的时候要经过一座桥，桥下是一条河，河两边是两种不同的树。这边的柳树已经长出了鹅黄色的小叶子，每棵树上都像笼罩着一层淡黄色烟雾似的；另一边的树还光秃秃的，也不知道它难不难为情。像同时存在着两个季节。

走回去的路上，我要想很多事情，可是具体是什么，又像早晨发呆的那会儿一样，什么也说不上来，就任由思绪如一匹野马，在漫无边际的心上驰骋。路上遇见了一个穿着一身黑衣且又高又瘦的男孩，走路带风，我不禁多看了几眼，他一边走一边往地上吐了口痰。我皱了皱眉头。

穿过一个十字路口，有一家水果店——到底是叫作"青皮树"还是"青树皮"我总也分不清。今天这家店在做活动，把一部分水果都搬了出来，让它们排排坐。一排排的水果旁边放着一个大音箱，几个男销售员站在旁边。有一个男销售员看起来二十出头，正拿着话筒唱歌——孙燕姿的《我怀念的》。他倚在店门口的柱子上，低着头唱歌，很忧郁的样子，像一个刚刚失恋的断肠人。有一个男生想走过，被另一个男生拽住了胳膊，低声说道："别打扰他！"每个人都是被爱着的吧。

傍晚的时候没有晚霞，天空也不明朗，似乎构不成"黄昏"这样有诗意的词。想看明丽的晚霞，妩媚的，娇艳的，热烈的，俯视人间。等春天再厚重再浓烈一些，应该就会有瑰丽的晚霞了。我这样想着，迎面走来一群少男少女，非常欢腾的模样，纯真无畏。一群人说笑着从我身边走过去，继续把自己的青春气息和笑声抛洒着。年轻可真好。今天看不见晚霞也没什么遗憾了。

我回到公寓，打开电脑，准备写下这一天，毫无波澜的一天。桌子上花瓶里的桔梗枯萎了，花朵都耷拉下头来。我把这支没了精神的桔梗扔进了垃圾桶。剩下的雏菊依然元气满满。

2018年的3月23日，这一天，永别了。

我与之相处得自在，
料他共我应如是

[01]

很久之前，忘了自己因为何事失眠，躺在床上睁着眼睛直愣愣地与黑暗对视，想必它也被我吓了一大跳。失眠的人像溺水的人，满世界喊着"救救我"。寻到床头枕边的手机，当手机屏幕亮起，那一方淡黄色的屏幕荧光，就像是得到了求救信号疾奔而来的救援队。黑暗伏在失眠人的肩头，静悄悄地陪着人寻找同类。

深夜的社交网络并不安静。大家在此时都卸下了白日里吊儿郎当、不屑一顾的洒脱外表，在社交网站上发几段语义不明的话，然后在被窝里猫着，有睡不着的同类路过点个赞，即使没有慰问的话，也自觉获得些许慰藉，竟有些心满意足，因为人们最怕自己在社交网站上发出来一段真心话，最后荒凉一片。

那天的凌晨，我看见有人在社交网站上写了这样一句话："人长大之后，就很难再遇见能够倾心托付的人了。"我停留在有这句话的页面上好久，暗自咀嚼着"倾心托付"这四个字。大概是长大后经历了不为人知的心酸苦楚，才得出如此直击人心的结论吧。友情方面，何尝不是如此呢？

要有多信任，才敢倾心托付？要有多幸运，才能遇见那个能够倾心托付的朋友？

[02]

前几日下火车的时候已经是深夜十二点半，在某打车软件上叫了车，上了车看司机的简介，才发现我这个乘客是他接的第一单。月黑风高，我当下就怵起来。

司机抬起头从后视镜里看了我一眼，问道："你冷不冷，我把空调调高点儿。"我没说话，他随即又自顾自地说道："小姑娘家的，以后不要买半夜的车票，一个人多危险啊。"

我清了清嗓子，问他："师傅，今天，今天第一次接单啊？"

司机嘿嘿地笑起来，我心里更发毛了。

他说："白天工作太忙，晚上回去的路有点远，就想着拉个人也好说说话，听说做这个要服务态度好，要温柔，你说说，我在公司凶人凶惯了，咋温柔啊，哪儿做的不好，你多担待点。"

车辆很稳，我稍微放下心来。

司机看起来三十多岁，一边开车，一边自个儿说话。

他自顾自说道："你不知道，白天没个能说话的，有些事情也不方便给身边人说，大家都忙着挣钱，谁有空听你说话呢？再说了现在找个人说话都是花钱的事，不得吃顿饭喝点儿酒哇？遇见个陌生人，倒觉得放心，你看咱俩都不认识，啥事一说，我权当解个闷，你权当玩笑话一听，大家就各走各的了，多自在。"

我笑了笑，说："师傅，您是明白人。"

司机头也没抬，盯着路口的红灯，接话："嗨，还不是在社会上混久了见得多了，这么跟你说吧，生意场上的朋友，大都是逢场作戏，买卖做完了，大家一拍即散，有用得着谁的时候，还不是得摇着尾巴拿着钱求爷爷告奶奶去。喝个酒也不痛快，谁知道人家等你喝多了想套点什么话出来呢。唉！"他长叹了一声，转而说道："看你还是学生吧，真羡慕你们学生哟，单纯，扯不上那么多事儿。"

我附和着笑笑。原来大家哀而平等，都是和陌生人相处的时候才自在。不必死命维护自己的自尊和面子，也不用担心自己的糗事会成为同伴之间暗自较量的砝码，辉煌的人生事迹，也大可再添油加醋吹嘘一番，不用担心光芒太盛刺伤别人招来嫉妒。有很多事情说出来人就能自愈，但偏偏能诉说的人很难找。

年少时的人单纯，心中最大的秘密也不过是喜欢某女或暗恋某男，就算藏着不说，会心的朋友大抵也能从你追逐的目光里看出来。心里委屈了扯过来要好的朋友即可大哭一阵，眼泪鼻涕一大把也没什么怕的。可是长大之后，我们遇见了更多的人，能够真心实意地去相交的朋友却越来越少了。我们在社交软件里的群越来越多，星标朋友却越来越少。我们的每一句问候都带着试探，所有长久的关系里也都必须带点互惠互利的心照不宣。你对别人好，别人却未必对你好，你觉得周围的人都是戴着微笑面具的刺猬，但自己也是个仙人掌。

简而言之，我们根本不快乐，表面上看起来惺惺相惜，但实际上不过是小心翼翼，如履薄冰，生怕哪句话触着了对方的神经，以后就没得玩了。

[03]

我生性敏感又脆弱，有个对我好的人，就有点受宠若惊，赶快对人家加倍好回去，生怕哪里做得不好，哪句话说得不是地方，就不能在一起玩了。我扪心自问没有做错什么，可还是眼睁睁地看着对方和别人玩得更好。我在旁边看着，如同一个陷入暗恋的男子，爱而不得，求而不得，在旁边看着她和别的男子打得火热却毫无办法。最令人沮丧的是，你把某个人当成值得信任的人，把积攒在心里的话告诉她，姿态卑微地想获得一点儿安慰或者理解，对方却对这份信任不屑一顾，听完拍拍屁股走人，转身又把这些话当成谈资告诉了别人。

因为人际关系而身心疲惫，索性不再主动亲近别人。与其凑到别人那儿取暖，不如自个儿点起篝火，轻松自在。

[04]

　　我和可爱刘认识不久，她是个貌美的姑娘，小脸蛋大眼睛，一点儿也不胖，唱歌好听，美女的硬件设施都具备了，却经常因为自己脸上的几个小痘痘感到自卑——其实这事我也不知道，我本以为像她那样的姑娘，应该是嚣张跋扈、洒脱冷酷、不可一世，和自卑是永远沾不上边儿的。最开始搭话是因为一次书店的活动，我转发到朋友圈约人去玩，结果过了好大一会儿，也没人应我，正当我自觉尴尬要删除那条转发的消息时，她在下面评论道："我行吗？"然后两个人选了个日子，郑重地化了妆，欢天喜地地，跟要去民政局领证一样去了书店。于是这才逐渐熟络起来。

　　圣诞节那天，大街上挂满了彩灯和彩带，明明晃晃的，催生出一股节日里的欢乐气氛。我在寝室里坐着火急火燎地忙着学校公众平台上的推送，漫不经心地回复着社交网站上的祝福消息，看见她发过来的消息，语气和节日气氛完全不搭。

　　我问她怎么了，她丧气地回答说不想回宿舍。我说："你来找我吧。"过了好一会儿，她回我："我想喝酒。"我愣了一下，回复她："那你上我这儿来，我和你一块喝。"

　　她提了两瓶酒，气鼓鼓的，整个人看起来像被惹怒了的小河豚，我使劲憋着笑，拉过一把椅子，把蛋糕堆在她面前，并说："你吃吧，你到底怎么了？"她坐在那儿生气，一边吃一边控诉今天发生的事情和前因后果。那是一段明明灭灭的感情故事，我听着，居然有一种被信任的幸福感，然后大义凛然、义不容辞地和她一块谴责惹她生气的人。

　　后来我俩又约出去玩，一起开开心心地逛园子，拍照片，叽叽喳喳的，像幼儿园里出来春游的小朋友，看到好看的事物，一定要给对方拍出美美的照片才转移阵地，自拍的时候怎么开心怎么来，不必惺惺惺惺地装作亲密无间，吃饭也能吃到一块去，回来翻看照片，两人几个小时拍了几百张照片，在公交车上，她低头翻看照片的时候，我听见她悄悄地说了一句，"wonderful day"。我假装没听见，却对着窗外一闪而过的街景傻笑。

原来真正的朋友，是处起来不费劲，轻松自在。不用担心那些虚头巴脑的东西，因为你能想到的，也在对方心里，能够倾心，能够托付，不用刻意呵护，反倒茁壮成长。

[05]

一路走着，我们感慨失去太多，人情冷漠急着去讨好别人，融入既定的小团体来获得一点儿温暖和火光，受伤了又接着如飞蛾扑火一般，继续奔赴下一个人的篝火狂欢，在伤痛、迷茫中却忘了最简单的道理——自在才是最重要的。让自己自在，别人也自在，才最长久。

菜市场之恋

　　我有个怪癖，就是和其他女孩不一样，别的女孩子喜欢成群结伴地逛商场逛街，一看见好看的衣服，就跟饥渴了很久的种子遇见了天时地利的土壤，立马扎根发芽一样。而我喜欢逛菜市场，能从开市逛到闭市。

　　我的本科学校在天津，从学校出来，沿着大公路走上个二十来分钟，就是一片居民区，老旧低矮的旧式居民楼像棋盘上的棋子错落有致地分布着，越过居民区的三个街区，就到了菜市场。

　　说是菜市场，也不过是两栋楼之间的窄街，像一条缓缓流动的河，把两边如同孤岛的居民楼联系起来。傍晚四五点的时候，这条河开始涌动起来。小街的入口处，一边各停一辆家用小型三轮车，车上摆满了瓜果，有时候是西瓜，个儿不大，但是便宜，切好的西瓜块就撂在小摊上，随吃随挑，随挑随吃，摊主也拿着一块瓜啃着，拿瓜的手不时要忙着擦掉沾在嘴边的汁水，另一只手伸出去收钱，别人给了钱，他也不数，在手里一攥一揉巴就揣到了裤兜里。给完钱提着瓜要走的大爷挺直了腰，眯着眼数自己的钱："小子，你也不数数票子，不怕我少给你钱哇。"摊主微微弓了下腰，嘿嘿一笑，说："大爷，这街坊四邻的，就算白给您吃几个瓜也是应该的哟。"大爷一跺脚，说·"你这小子，我这眼睛不好使了，我怕我多给你钱！"周围人哄笑，摊主也跟着笑。

　　卖瓜的对面是一家卖南瓜的，橘红色的南瓜，大大小小摆了一地，切开的南瓜截面上冒出密密麻麻的小水珠，俗称"津"。南瓜不像西瓜，切开了就能尝尝味道，不好吃就走人，南瓜这东西，矜持得很，得跟人回了家，才敢把真面目露出来，甜不甜糯不糯，吃了以后才见分晓，于是南瓜摊这儿和西瓜摊相比，就有点儿落寞。摊主倒是不着急，坐在南瓜摊的一角看手机，一会儿过来几个婆婆，大抵是腿脚不好使，撅着屁股在摊前挑挑拣拣，用手指甲掐掐，又拿起来放手里掂掂分量。

再往里走，紧挨着南瓜摊的是一家卖瓷器的，家什不多，一辆小型三轮车，前面铺了一张布，上面摆满了好看的瓷器，除了盘子和碗，还有造型奇特的水果盘，比如烧制成莲花样式的盘子，低着头的白天鹅碟子……我经常蹲在这个摊前面，用目光抚摸一个一个沉默的瓷器，最后锁定一个最灵巧的瓷器，打定心思要买了它，等我转一圈回来准备买的时候，摊主却告诉我那个碗已经被人买走了。我一脸惆怅。

偶尔会有老太太坐在马扎上，面前的水泥地上摊开一张方方正正的塑料纸，上面整整齐齐地码着几把自家产的蔬菜。偶尔有人来看看，摸摸菜，来回翻腾翻腾，最后一棵菜也没买，老太太也不生气，把菜又摆好，扭头跟旁边的人说话去了。

我每次一走到这条街口，就觉得所谓的人间烟火气扑面而来。你说烟火气是什么？可能是临街边一个窗口里飘出来的酱猪蹄的香味吧，好像是直接从一面墙里掏了个洞，修葺成四方形，然后直愣愣地弄了个酱猪蹄摊子出来。我第一次去买的时候，心里还在忐忑，这一个猪蹄看起来不小，万一不好吃……窗子里面的大姐一眼看出了我的心思，吆喝说："我们家的蹄子，不好吃你拿回来甩我脸上！"铁皮盘里的猪蹄排列得整整齐齐，满身油亮亮、红彤彤的，被烤得像熟透了的虾子，我胡乱地指了一个，大姐用牛皮纸把猪蹄包了起来，又捆上一根细麻绳，此时的猪蹄不再赤身裸体，居然有了一种欲语还羞的风情，让我想起古时候被皇帝翻牌选中的妃子，沐浴更衣包裹在锦衣里。我这样想着，接过包好的猪蹄，咬一口，竟吃出了一种心怀天下的威武雄壮之感。

一路往里走，是卖西红柿、黄瓜和香蕉的摊子。就那样散漫地把所有东西都堆在一起，要什么自个儿拿自个儿挑，挑好了递给卖菜小哥放称上一称。"五块！"小哥嘴里喊着，忙不迭地又接过另一袋。我时常惊诧于这里的价格，买上一堆瓜瓜果果，也不过十几块，买完提一兜东西，沉甸甸，倒也愉快，花钱居然能花出一种踏实感。也许是因为囊中羞涩，这种感觉是我在逛商城的时候所不能获得的，商场里那些精致的不像是人间所有的东西，总给人一种冰冷的距离感，你看它的时候，它也在挑衅地和你对视。

循着香味再往里走，是一家蛋糕店，刚烤出来的蛋糕被端出来放在桌子上，走近了还能感受到每一块蛋糕上未褪下去的温度，又暖又香，连周围的空气都是甜的。店主用一个铲子敲了敲蛋糕的表皮，蛋糕最上面的一层酥皮马上就碎开散落了，像一枚熟透了的坚果，轻轻一碰，就裂开了，露出里面用果仁填满的"小心思"，清香作祟，食欲蠢蠢欲动。

香味慢慢散尽，夕阳慢吞吞地收回余晖。街的最里面，一拐角又是一个天地。卖水产品的大叔穿着黑色的橡胶连体裤，在收拾方形铁皮盆里的鲤鱼，旁边水池里是几只不知前途命运、依然耀武扬威的大鲶鱼，白色塑料箱子里的虾码得像书上一排一排的汉字，上面覆盖着厚厚的冰层。卖梨糕的大爷推着小车子走过去，从蒸笼里冒出的雾气像一场纷纷扬扬的大雪，给周围的人沾了一头一身。卖瓜子的摊位简直是走得豪迈路线，装满了瓜子的塑料袋壮如硬汉，各类瓜子，一个个昂首挺胸，想必有好吃的底气，才敢这么正气凛然。

拐弯走进去的另一条小街，容量更小，勉强能三人并行，两边是挤得满满当当的小铺子，卖衣服的和卖蔬菜的挨着，卖熟食的和卖水果的挨着，刚看见挂着的红烧猪头、猪耳朵，一转眼就是花红柳绿花枝招展的各色水果了。卖烧烤的和卖鞋的挨着，简直毫无章法。但却处处透着生活，骑着电动车的人，不用下车，伸长脖子认真闻一下就决定要不要买；老头老太太互相搀扶着左右寻找要买的东西；在卖章鱼小丸子的摊位前，男孩子像哄女朋友那样极富耐心地等待着食物出锅；看起来不起眼甚至简陋的小店在黄昏时分也会倔强地亮起电子招牌。每一块肉，每一颗水果，每一棵蔬菜，都在严谨而认真地履行着自己的使命——原始，从而带有了鲜的意味。

我经常携好友或者自己独行穿梭于这样的小街市场，像一个思凡已久的小妖精，来到人气多的地方，贪婪地吸食着人间烟火气。真好闻啊，到处都是最新鲜的气味，蔬菜根上的泥土、熟透了的水果清香、用秘制香料炖过的肉味……真好啊，走在这些烟火气里，整个人都鲜活起来了，满心欢喜着，下定了要好好生活的决心。

那些藏匿于高楼大厦里的商场是好的，辉煌精致，俊男靓女，珍馐美食，声色犬马，匆匆而过，但却总是让人有种迷失的感觉。大城市容得下各种人作怪，但最需要的是能让人安心的地方。我之所以深深迷恋着小街市场，大概是因为它即使喧闹——鸣笛声，讨价还价声，狗叫声，鸟笼里的鸟叫声——但是却让人从内心里感受到宁静，从宁静中发现和谐。从而在一片宁静中打开心智，感受生活，最终领悟到什么是美。而和谐的终极、美的终极就是让人更好地生活。

夕阳把小街上空的云彩染得像少女脸上害羞时腾起来的红晕。希望以后的城市无论如何发展，都能有几处这样的小街市场，安静从容，满身烟火。

游园惊梅

　　我没见过梅花，二十多年了，我只在电视上见过，并未闻过真实的香气。幼年的时候背诵王安石的"墙角数枝梅，凌寒独自开。遥知不是雪，为有暗香来"，我记忆力好，读了几遍即可背诵，但始终不能理解，天寒地冻的，有时候连麻雀都瞧不见一只，怎么还有花呢？

　　后来我到了苏州读书，一入冬，花花草草的就少了许多，柳树苟延残喘，稍微有点儿绿色的叶子，茶花开得马马虎虎，敷衍了事，一溜紫红色的花像塑料袋挂在了冬青树上似的，让人毫无兴趣。尽管街道上的景观树都坚挺着没有加入脱发大军，但叶子也黄不拉几的，面黄肌瘦，跟饿了好多天的人一样。整条街看起来都病病殃殃的。再加上南方的冬天向来湿冷，晴天不多，铅灰色的天空上没有一点儿出口可供阳光露出来，真是让人沮丧。

　　这样的天气简直把我这个北方人身上面对寒冷的那种锐气挫得一干二净。房间里也冷，衣服湿哒哒的永远也干不了，坐在座位上，脚底下就是冰窟窿，一阵一阵地冒着寒气。老是在屋里憋着，也是难捱，于是寻思着去外面找点乐子来取取暖。

　　去哪儿呢？偶然在网络上看见苏州园林里的梅花开了的消息，我近水楼台，于是兴冲冲地约了朋友，也不管外面天气如何，直接奔了园林。到了售票处却发了愁：这儿个园林里，哪个里面的梅花最多呢？我今儿个主要就是来看梅花的，要是园子里没有梅花，那还有什么意思呢？我在心里思忖着，售票处门口站着一个保安，里面穿着保安服，外面又套了一层军大衣，裹得严严实实的，俩手抄在袖子里，看见我们俩人站在园子门口东张西望，就走过来说道："你们俩嘀咕啥呢，买票进去看呗。"我问："大爷，这拙政园里的梅花多吗？"大爷把手拿出来朝我们摆摆手："都开着呢，梅花可多了！"我一听，赶紧拉着朋友买了票往园子里走去。

苏州园林真是绝了，即使是冬天，也有一种枯山水的美。圆形的拱门上镶嵌了一块石头，石头上刻着字，每一个拱门上的名字都有其特殊的寓意。再往里走，白墙和地砖之间的关系靠青黑色的苔藓维持着，顺着墙往上看，是飞出去的屋檐和乌青色的一排排的瓦片。有的小路是用不规则的石头蛋蛋铺的，小路两边是被打造得非常精致的小湖，水面纹丝不动，像极了一张明晃晃的画布，被已经枯掉且耷拉下杆茎的荷花横七竖八地划满了抽象的线条。萧瑟也有萧瑟的好处。春天的时候万物萌蘖，总觉得到处都是闹哄哄的，令人心神不宁，老想着外面的花花世界，做什么都静不下心来。而冬天万物肃杀，一切静谧，人置身其中，心境也清冷起来，看人看物都多了一份豁达和洒脱。

这园林真美！它要是个人，肯定是一个长相符合三庭五眼黄金比例的美女，让人怎么看都看不够的那种，拆开看好看，合到一块去，也好看。同一条小径，从假山这边走过去是一种景色，从走廊这边走过来又是一番景象，站在高处往下看，又是不同，其中的美妙，只能真正置身其中才能领略了。走过了长长的走廊，也拍了不少亭台楼阁的照片，可就是没看见梅花在哪儿。

于是我们一路走一路抱怨售票处门口的保安大爷："嘻，这什么人啊，为了让我们进园子，居然骗人说有很多梅花！结果连个梅花瓣瓣都没瞧着！这人可真坏！"

在园子里绕了几圈，确实也累，准备打道回府。从另一条路回去的时候，看见旁边墙上的窗户模样十分可爱，准备拍下来，正当我凑过去拍照的时候，突然从窗户里看见了墙那边的花——鹅黄色的小花，一朵挨着一朵。我赶紧使劲吸了一大口空气，香，美，甜丝丝的。我拽起朋友的袖子就往墙那边奔，绕到那边，果然是一棵碗口粗的梅花树，乌黑的枝干，坚硬有节，上面是朵朵小花，花蕊带着一点淡淡的紫红色，离树近了，香味更甚。但这香气却从骨子里发出一种不屑，不屑于讨好，不带有媚俗的成分。

我站在树下，只觉得头二十年来所看过的最奇特的诗句，所看过的最传神的画作，都不如一棵普通的梅花树给我带来的震撼多，明艳却没有跌落俗尘。真美，想抱着不撒手，真香，想摘一捧放嘴里尝尝。可惜蝴蝶怕冷，恋不到这样的花。或许梅花根本不屑周围有莺莺燕燕环来绕去的，它高冷着呢，也自在着呢。

照片是留住美好的最佳方法。可是我和朋友穿得鼓鼓囊囊，俩人像两只小熊，一点儿都不利索，怎么好意思和梅花拍照呢？我看了看她，眼神相撞，互相点了一下头，开始脱衣服，摘围巾，摘手套。我和朋友只剩下内里穿的最好看的一件裙子和旗袍。

那是十二月底，南方的十二月底，温度几乎达到零下，夹带着些许水汽的冷风不时出来示威一下，真想整个人都缩到衣服里去，可这衣服偏偏也是潮乎乎的，日子真是难过。看到梅花的那一刻，风霜雨雪都不重要了。穿得单薄，露在外面的手几乎握不住手机了，脸被冻得通红，这些感觉都是我回去以后才想起来的。和梅花拍照的时候，只觉得值了值了，冻死都值了。

后来每每想起那天在园子里为了拍照说脱就脱的事情，还是忍不住地激动。原来真正的美就是有这种蛊惑人心的力量，让你臣服，毫无怨言。

庄周梦蝶的故事，到底是蝴蝶做梦梦见了庄周，还是庄周做梦梦见了蝴蝶，都不重要了，那是心里的一种向往；就如我游园寻梅，到底是我在寻找我心中的梅花，还是梅花在寻找能够读懂它的人呢？

我被梅花的美所震撼，若万物有灵，它也会因为在俗世有了一个知己而欣慰吧。

终不似，少年游

大多数人只知道苏州的园林，却不晓得苏州小巷的迷人。有人去北京，定会有人跟他讲，不到长城非好汉喔，所以一定要去爬一爬长城。若有人去苏州，我会跟他讲，除了园林，还要逛一逛苏州的巷子，老巷子，小巷子，在巷子里走一走，看一看，摸一摸，闻一闻，才算真正来过苏州。

观前街和平江路是不必说的了，久负盛名，自然少不了人气。下雨的时候，平江路上的游人撑着伞，慢悠悠地走在石头路上；晴天的时候，犹如河坝决了一个小口，游人如水般涌进来，此时的平江路就显得有点不够用，到了窄处，得须各自体谅，侧着身子才能走过去。我来过不少次平江路，沿着石板路从头走到尾，每一个建筑飞出的檐角我都熟悉。每次踩着石桥的石阶，我都会想起那个故事。

佛陀弟子阿难在出家前，在行途中见到一少女，从此爱慕难舍。

佛祖问他："你有多喜欢那少女？"阿难回答："我愿化身石桥，受五百年风吹，五百年日晒，五百年雨打，但求此少女从桥上走过。"

是不是每一座经历了千百年风吹雨打的石桥，都是苦等人的化身？这么多年了，那少女是否已经过桥上？哪儿都有桥，可是只有苏州的石桥才给人这样的感觉。

平江路上有间咖啡馆，养了不少猫。我慕名去看猫，却感觉里面的猫们都严谨而深刻地贯彻着"太宰治式的丧"，它们把自己生活成了永夜，只有被投食的时候眼睛才透出一点儿光。每只猫看起来都无精打采，眼神里透出一股深深的厌世感。被人抚摸和逗玩的时候与人没有任何互动，只是直愣愣地蹲坐在地上，目光呆滞，跟个被逮捕了的大义凛然、宁死不屈的女八路似的。每只猫都肥肥胖胖，浑浑噩噩，看着怪让人失望的。

巷子里的猫，可不是这样的。但是少有人知道巷子的可爱之处。

我也是无意中才闯进一条巷子，看了一眼名字，转眼就忘记了。巷子里是大块石头砌成的路，人走上去并不平稳，有人骑着人力三轮车经过这样的路，就会撒下一巷子叮叮当当的声音。巷子一边是老房子，另一边是一条河，河的另一边又是老房子。飘雨的时候，老巷子里房子的白色墙壁就会氤氲上一层浅灰色，辅之屋顶上黑色静默的瓦片，像大写意的泼墨山水画。若有人走动的话，那人真的就是活在一幅江南烟雨图中了。

晴天的时候，阳光照射到被磨得锃光发亮的石头上，石头的边边角角就显得无比温柔。整个巷子都呈现出一种暖色调的氛围，好像是与外界的车水马龙隔开了，这里的时间缓慢流动，你能感受到它从指缝中流淌过去。天气真好，苏州难得能有这样纯粹的晴天。于是住在巷子里的老人们搬了小板凳坐在门口——说是门口，其实就是在街上，他们一推开门，就是巷子了。一群老头老太太就扎堆坐在门口聊天、晒太阳或者择菜。

我没见过她们手里的菜，叶片圆圆厚厚的，有点儿像三叶草。我跑过去问："奶奶，这是啥菜啊？"择菜的奶奶笑眯眯地看了我一眼说道："这是金花菜，炒着吃，要放点酒才好呢。"择菜老人的身旁有一只穿着衣裳的小狗，身上干干净净，一看就是受宠的小家伙，也不认生，唤它的名字，它就直往你身上扑，两只小爪子扑啊扑，跟做祈祷的小孩子一样。你蹲下去，它的小脑袋就朝你怀里蹭，你会觉得整个人都要融化了。运气好的话，还能遇见不知从哪里窜出来的自由自在的猫，毛皮并不像咖啡馆里的猫那样油亮，但是精气神儿在，尾巴翘上天，脚步虽轻却虎虎生风，你想和它亲近，它才懒得搭理你这等凡夫俗子，给你个眼神就已是恩惠，一转眼就不见了。真是自在如风的少年。

巷子里的人家都好可爱喔。他们晾衣服的时候，要把整个竹竿从这只袖口伸到那只袖口里，然后架在窗外边，各家各户都这样挂着衣裳，大裤衩也拿出来晒在街上，风一吹，跟万国旗似的。

巷子往往很深，不过倒不用怕，累了随处寻一地儿就可休息。也许是某户人家的石阶，也许是一处搭好的凉棚，凉棚上的植物还没有长起来，只有几支枯干在架子上盘旋着。棚下放着两张相亲相爱的藤椅，坐上去歇歇脚，看看走过的路人，或者摆弄一下头发，随便一拍就能出来一张好照片。

巷子里的人们生活得很悠闲，给人一种不食人间烟火的感觉。经过一处人家，有个戴着鸭舌帽的老爷爷，穿着棕色皮夹克，里面套了一件格子衬衣，下面踩了一双方头皮鞋，正低头眯着眼划拉手机。"可真帅。"我感叹了一句。朋友看了一眼，也觉得这老大爷有范得很，让人看一眼，就能想象得到多年前的风度翩翩和儒雅风范。两个人径直走了几分钟，又折返回来。

"嗯，那个……那个，老爷爷，我们……能和您合个影吗？"我战战兢兢地问道。

老爷爷扶了一下眼镜，头都没抬，只轻轻说了句"拍吧"。之后我就有了一张非常棒的照片。照片上的我冲着镜头笑得花枝乱晃，旁边的老爷爷正一脸正经地看手机。

我们一路走一路笑，逛了一天也不觉得累。年复一年的阳光和阴雨绵绵，对于老巷子和巷子里的人来说极为平常。然而，对于我们两个好奇又无忧无虑的年轻人来说，一花一木，一猫一狗，都有乐趣和不凡。少年游，什么能比得上这样的好时光呢？

黄昏的时候，我们俩慢慢地朝回走，尽管什么东西都拿不走，各自却依然觉得满载而归。明天又是新的一天了，我们还从未想过变老的事情。老巷子像住在那里的老人一样，一天天地变得越来越老，越来越安静，越来越不被人记起。夕阳的余晖把我们身后的影子拉得老长，铺在巷子里的石头路上，像是一种舍不得的挽留，又像是一声长长的叹息。

友达以上，无关风月

[01]

以前听很多人说，这世上，男孩子和女孩子之间哪里存在什么友情啊，不过是一个装傻到底，一个打死不说而已，连歌词里也这么唱，"能成为密友大概总是带着爱"。

人类的情感也真是复杂啊，即使有一个异性朋友，合得来，互相扶持度过了一些艰难的日子之后，就会觉得"朋友"这个名词已经不足以形容彼此的关系，友情以上，却依然要小心翼翼地，怕多说一句话，走错一步路，就再也回不去了。我想，这不是真正的爱情，这不过是一种卑微的暗恋，一种压抑的感情，一种孤单的心事，假借着朋友之名。

真正的友情以上，是不会在乎那么多的，两个人都彼此坦荡荡，光明磊落，看见他或想起他会露出微笑，经历的美好也想分享给他，但是你知道，即使摊开心声，撕掉理性，你们依然还会是朋友。

友达以上，不做恋人。朋友更长久。

[02]

前几天看综艺节目《高能少年团》，看见张一山和杨紫这一对好朋友，我明白了什么是友达以上。

杨紫一下车，抿着嘴偷笑，眼睛里闪着狡黠的光，和张一山通话的时候放肆地开着玩笑。张一山一出来看见搭档女嘉宾是杨紫，掉头就跑，嘴里大喊着"这节目我不录了"！杨紫在旁边笑得直不起腰来，一把拽过张一山追着他又打又踢，一边闹一边说："我告诉你，没人选你，是我救了你。"

两个人一见面就互相嫌弃，但拍合照的时候还是互相搂着摆了个大大的爱心Pose。

杨紫已经有了男朋友，张一山也从昔日的调皮少年逐渐变成硬朗男子汉的模样。可是你一看见他俩，就觉得能有这样的朋友，真好。

彼此曾经见证过自己的落魄和难堪，也曾经分享过各自的耀眼与荣光，我对你毫无遮拦，你对我也别无二意。我们唯一能做的，就是相互鼓励，继续扶持，继续看着彼此变好下去。

[03]

电视剧《欢乐颂》上映以来，别人都羡慕安迪有个小包总，我却羡慕她有一个挚友老谭。他是她为数不多的朋友，而且尊重她。奇点给了安迪教训，小包总给了安迪快乐，而老谭给了安迪温暖。安迪和老谭说的最多的一句话就是"谢谢"，其实真正的朋友之间哪里需要说谢谢。

老谭得知奇点把安迪的生父带来见安迪的时候，异常生气，他首先想到的是安迪的情绪和感受会不会受到影响。当安迪遇见自己棘手的问题，也会听取老谭的建议。

剧外人看戏的时候，最喜欢加上自己的想象，但凡男女登对，必须认为要发生点什么才算圆满。生活中，人们也喜欢用有色眼镜去看待事情，最擅长暗自揣测和无中生有。何谓友谊何谓纯洁，这本身就没有一个划分的标准，世界复杂，周围到处都是人们抑制不住的荷尔蒙感情和想象，然而当事人心里有数。

如果彼此都情投意合，那么看第一眼就心动的人，怎么能做朋友？如果彼此都明白虽然志同道合，无话不谈，却无法做恋人，又怎能成为彼此的人生伴侣？

[04]

　　我也有几个无话不谈的异性好朋友，喝酒吃肉，勾肩搭背，也曾被误会过互有好感，初识时如遇故人，心里也曾鼓点乱敲、小鹿乱撞，担心是否会日久生情。后来彼此交心，心知肚明，无论如何我们都成为不了彼此的另一半，各自都没有任何企图。于是一年又一年过去了，感叹志趣相投，唏嘘两人还好相遇不恨晚。

　　后来他们有了女朋友，我自觉地保持了一个很正常的距离，联系也变少很多。偶尔想念，发个消息，对方回一句"我还在呢"。不必刻意地保持距离，也不必处心积虑地维护关系，你要知道，真正的朋友，是不会走的。当你有开心的事情的时候，可以找他一起分享，即使落魄不堪也敢一字不落地告诉他，三秋不见，如隔一日。

　　人生路上艰险重重，人情凉薄，在没有任何企图的前提下，彼此相互尊重，相互扶持，相互鼓励，一年一次的问候就足够了。

　　"落地为兄弟，何必骨肉亲"。

[05]

　　为什么要去当恋人呢，当朋友比恋人更能永久。

　　友达以上，两个人如同喝一杯万事如意的平淡清酒，能喝很久。这种感情，超越友谊，却无关风月。我知世事艰辛，却依然相信事在人为，只要两个人光明磊落坦荡荡，又如何不能成为密友呢？

　　如果能够成为密友且总带着爱，那么这种爱是：我希望你一切都好，我希望我无助的时候有个人做后盾，我希望我们像家人一样互相扶持和理解。这种爱无关风月。

致那些亲爱的陌生人

　　最近几年，网络发展迅猛，其独有的隐蔽性让我这样一个不善于社交、在人群中感到恐惧的人如鱼得水，在各大网络平台上偶尔发个文章，时间久了，就认识了一些来自天南海北的人。谁也不知道那个在网上或者聊天的时候嬉笑怒骂、精灵古怪、调皮捣蛋的家伙，在现实生活里不过是个人闷话少又老实巴交的孤独患者罢了。

　　心情不好了发个状态，除了下面的评论，还有一些人悄咪咪地发个私信安慰我、鼓励我。那时已懂得惜缘，便把这些来自陌生人说的话截屏，上传到QQ相册里保存。有一个朋友评论道："被那么多来自虚拟空间的人爱着，你也真是足够幸福。"

　　后来和其中的一些人成了朋友，他们的联系方式静静地躺在我的微信联系人列表里，只是当我在朋友圈发状态的时候，他们才会像睡醒了似地点个赞，有时候也会在晚上的时候突然给我发个消息，把我当成一个树洞或者是某件事情的旁观者，而我也非常享受这种被信任的感觉。

　　有一个南京的女孩子，是我在微信公众平台上认识的，在微信后台一人一句地聊天，还夹带着自动回复，觉得非常投机便互相交换了联系方式。她经常在微信上跟我分享一些好玩的事情，我有时候因为忙忘了回消息，她也不生气，有时间还是会给我发消息发图片。感动不足以表达我对这样一个陌生人的喜爱。

　　我大四的时候，开始积累了最早的一批读者，也开始收到读者寄来的明信片和零食。我抱着一箱子零食从快递点走到宿舍，满脸都是骄傲，路人只看得见一个抱着箱子笑得傻乎乎的小姑娘，并不了解其中缘由。从那时起，我开始稍微意识到自己虽然还是平凡，但是真的还有那么一点儿影响力。

那个在江苏泰州做护士的姑娘给我发消息：你收到零食了吗？好吃的话我再给你寄呀！

何德何能！

球球是一个在上海工作的程序员，他姓仇，我就喊他球球。球球很幽默，并不像大多数人印象里的程序员，一副规规矩矩不苟言笑、只晓得守在电脑前找程序bug的模样。刚认识的时候，球球说不过我——这点倒是符合程序员的特征，只能唉声叹气地受着。后来各自都忙，联系就少了，不过我喊一声，他就出来，不管是令人昏昏欲睡的下午，还是寂静无声的夜晚。

"球爷，我的电脑上的这个东西怎么弄？"

"别慌别慌，我给你看看！"

微信解说连带着远程操控，最终解决问题，我这个电脑白痴每次都佩服得五体投地，把他赞美得跟救世主一样。

考研的时候，我在各个考研群里搜索资料，但凡是相同专业的学姐学长都厚着脸皮申请添加好友，然后询问考研经验。那时候的王源学姐对我而言，与其他人无异，都是素未谋面的陌生人。但在我小心翼翼地添加她为好友并且询问了一些问题之后，她非常爽快地回答了我的各种疑问，甚至向我要了地址。过了几天，我收到了她寄的包裹，里面是各种复习资料，还有好几页长长的手写信。她非常有心地用了中国人民大学独有的信纸，字儿写得工工整整，事无巨细地在信里把各科复习要点写得清清楚楚。我之于她，也是一个完完全全的陌生人，她没有必要这样做的，但她就是这样做了。她的建议和指点，就像是一张地图，我只需要按照图上的标记，再发挥一点儿自己的主观能动性，坚持到底，就能抵达终点。后来找得以考上研究生成为她的直系学妹，很大一部分源于她的热情和善良。

Evan是一个在上海医院工作的医生，也许是医生吧。之所以不确定，之所以称呼他为Evan，是因为从始至终我都不知他姓甚名谁。当虚拟空间与现实连接起来，他在我的成长中，更像是一个遥远的大哥哥一般。我在朋友圈里说自己喜欢写小说，他就在微信上给我分享一些写小说的技巧和手法，有时候直接甩过来一个链接："看看这篇，写得真好。"此外无话。

我练瘦金体的时候，他又不动声色地推荐给我一个有关瘦金体的公众号："这个就是纯练字的。"

有哪个陌生人，会在自己浏览网页的时候还会想着另一个陌生人呢？有时候我写完小说，也会发给他瞧瞧。他话不多，却一针见血，让我知道问题所在。

2018年过年的时候，我给他发信息：新年快乐，平安健康。

他回道："In me the tiger sniffs the rose. 心有猛虎，细嗅蔷薇——英国诗人西格里夫·萨松，余光中译。"我懒得再去追究认识几年了，只是觉得幸运。

其实还有很多人，他们来自全国各地，我们素昧平生，从未谋面。但在某种程度上，我们是最亲密的朋友，我曾在许多安静的夜晚，倾听着他们的苦闷和忧愁，也曾因为他们的好消息而在屏幕这头露出笑脸，倍感欣慰。有一个姑娘，故事的结局是喜得良人，我看见她在朋友圈发出来的合照，男生看起来敦厚而温柔，想起以前她为了渣男委曲求全的岁月，再也不复返了。

我说："真好啊，看你这么幸福，我也很开心了。"

也许有些人半途离去，但他们留给我的善意仍像一堆未燃尽的篝火，持续地散发着光辉和热，能够让我借着微光走下去，直至自己也成为光。也许我们会再重逢，也许我们再也不会遇见。

有时候真想从庞大汹涌的人流里挨个儿找出这些陌生人，跑到他们面前鞠个躬。谢谢你，曾经带给一个少女那么多的鼓励和力量。也许他们自个儿都忘了。

谢谢你，我亲爱的陌生人。

祝你一生平安，万事顺遂。

PART F

为赋新词
强说愁

在那些懵懂的岁月里

你单枪匹马地应付着忧愁

现在回过头来，才看见你的生长

像一株风雨里的花，野蛮而强大

少年啊，原谅我

在你那么年轻的时候

我还不懂，也不能叫醒你

长大后，洗手间成了
我经常性的"避难所"

[01]

　　洗手间、厕所之类，向来是人人避而不谈的地方。然而这些年一路折腾一路成长，第一眼看见我最光鲜、最疲惫、最无助的样子的，却是各种各样的洗手间。有的洗手间宽敞明亮，镜子前的大理石洗手台上摆着香水，走进去头顶和地面都映出人影来；有的平平无奇，充其量只能做到干净整洁；而有的则狭小逼仄，还充斥着一股难闻的气味。就是这些这样的地方，却在我成长的过程中，成为我经常性的避难所。

　　每次我心情不好或者紧张的时候，走到洗手间的隔间里，坐在马桶盖上，内心就莫名地安静，整个世界仿佛蜷缩成眼前四四方方的一隅——那几分钟里，我真的置身事外了，身心都无比放松。

[02]

　　记得我之前参加一些比赛，到了比赛地点之后，看着周围漂亮的小姐姐，妆容精致，唇红齿白，谈笑间一点儿也不紧张，像是来聚会吃饭一样表现得很随意。而我坐在椅子上，一想起接下来要上台，胸腔里的心脏就砰砰地狂跳，听着自己的心跳声，只觉得口干舌燥，大脑一片空白，什么也想不起来，写好的稿子早就忘得一干二净了。

　　这时候，我会偷偷走进洗手间，自己待一会儿，很快就能平静下来，然后走到镜子前仔细打量一下自己，嗯，洗手间里的灯光柔和得恰到好处，让我看起来也是容光焕发，再补一下口红，抿一抿，看着镜子里不太成熟的脸庞（但眼神坚定），那一刻，就觉得自己突然有了铠甲——其实我也不难看，我也可以做到。从洗手间走出去的时候，我只觉得浑身带风。

[03]

小时候想哭就哭，想笑就笑，没什么在意的，即使王子站在我跟前，我还是该哭的时候就哭。可是长大后，连痛痛快快地哭都成为一件奢侈的事情了。全世界都在告诉你要做一个精致、坚强、无坚不摧的女孩子，不能哭，不然眼妆会花、皇冠会掉。可是，命运这家伙的确有时候会使人很难过，眼泪憋也憋不住怎么办呢，可是让其他人看见又觉得好丢脸啊。

噙着泪水还是可以强忍到洗手间的，随便找一个隔间，就可以尽情释放泪水了。哭吧，大家在悲伤的时候，哭声都是一样的，无奈而绝望。谁也分辨不出谁来。有些事情，哭完就会好得很快，比如失意，比如失恋。

我想起之前网上流传的因为哭着吃饭而被人们关注的日本白领，在众目睽睽之下大哭需要勇气，哭着吃饭就更需要毅力了。我同情且祝福他，但是我是个要面子的人，哭的时候不希望被人看见，就会悄悄地躲进洗手间里哭一会儿，然后出来洗个脸，假装什么也没发生的样子。

大二的时候选班委，我去竞选学习委员，没有选上，被莫名其妙地选为班长，结果却因为班主任认为我能力不够而另选他人了。当时到底是年纪小，要搁到现在，这才多大点事呢，笑笑就过去了。而那时候的我，却难过得不行，跟刘备失了荆州一样，眼泪糊住双眼，鼻头开始发红，要是这个时候有人来安慰我问我发生了什么事情，我肯定会哇的一声哭出来。

这时候，洗手间成了我最后的堡垒。我躲在教学楼逼仄的洗手间里，自己掉了会儿眼泪，然后擦了擦泪水，平复了一下，又走进了教室。我觉得我保卫了自己小小的倔强和尊严。

失恋的时候，那会儿我也很年轻，相当年轻，所以也相当迟钝和愚蠢。那时候我以为失去一个人就再也遇不见更好的人了。其实世界很大，还有更多更好的人，可惜这个道理我后来才明白。当时被爱，然后对方突然毫无理由地全身而退，我就不知所措了，就想拼命地去挽留，去握住那捧沙。哭泣，抱怨，咒骂，赌气，那些看起来像是能够恢复如初的最后一根稻草，都无济于事。一个女孩子，可以恨，但又打不了架，不然上去揍对方几拳也能解解气，心里也痛快一些。情绪越积越多，只能哭出来。每个人都有自己的事情，谁能不厌其烦地安慰无知的少年呢？

那段时间，我一想起对方的种种，眼泪就不自觉地掉下来。这时候马上奔去洗手间，一个人哭完止住了，再回去。在大家看来，我失恋失得风轻云淡，潇潇洒洒，毫不在意，那是因为没有一个人看见过我心碎的样子，只有洗手间罢了。

[04]

我最终一点儿一点儿地接近自己最想要的模样。我也知道接下来的路并不平坦，或许还会有很多艰苦和心碎的时刻。可是我知道，我有个避难所。我走进去，受了委屈也好，失意也好，都可以哭出声来，不用在乎脸面。哭完洗把脸，从包里掏出一支口红，涂上，捋捋头发，深吸口气，又是一个风风火火的靓女，可以做任何事。

诗从我们舌尖滑落，就像蜜糖

　　在看书方面，我是个杂食动物，什么都看一点儿。那些人人称道的著名作家比如什么什么斯基之类的，我丝毫不在意。书的封面好看，我会带着疑惑带着期待打开看看；书的名字好玩，我更想打开看看。我偶尔读一下诗，但没有具体喜欢的诗人。每次读一首诗，总觉得那些诗句的每一个音节，都带了不食人间烟火的清冷。

　　有时候不想看书，又想读点儿什么，就寻出来一本诗集，心里默念几句，配上桌子前唯我独有的淡淡的灯光，一首正在播放着的慢歌和一杯冒着热气的水，就会觉得生活还是很美好的。王小波说，你想过诗一样的生活，可是你忘了生活中的诗。所以主动创造环境去感受诗歌本身的诗意，会让人感到幸福。

　　我读过那么几首诗，但记忆最为深刻的是一句"五月的海风刺穿我们的孤独"。我忘了这句诗归属何处，也不想去搜寻其作者是谁。每次想起这句诗，我都会想起某些时日之前我在青岛、秦皇岛看海的日子。

　　每次抵达海边的季节都是冬天，长长的海风从看不见尽头的那一边吹过来，把一切都吹得干脆冰冷。我会起很早去海边等日出，沿着海岸线走，像是一块挂在空中正在被风干的鱼干，摇摇晃晃，周身散发着一种大海的咸腥。海水湎动着，退后又前进，把沙滩冲刷得异常洁净。我沿着海岸线走，头发被吹得凌乱不堪，太阳从最远的海水处露出一点儿光芒的尖尖来。这时候沙滩上没有其他人，只有风呼啸而过和海水拍打海岸的声音。太阳开始一点点地升起来，气势渐生，把整个海面都照成金色。黎明与白昼交接时刻的壮美景色，持续了几分钟后，随着太阳完全升起就消失了。我四下呼喊，除了风和远处成群的海鸥，无人应。

那一刻，我突然感觉到人生来孤独，又是那样的渺小，七情六欲，也是那样不值一提。在庞大的人群里，你是感受不到的，任何一样物品，任何一个人，都能成为我们情感的寄托，都能成为我们自欺欺人的借口。唯独到了那样一个天高水阔不见人烟的环境里，人才能把注意力放在自己身上，人的某种理智才被唤醒。每个人都生来孤独，谁也不能依靠，也无人依靠。迎面而来的海风，轻易地揭穿我们的另一面。

另一次与诗距离最近的时候，是我研究生考试还剩三四天的时候。那天中午的阳光真好。我特意挑了个靠窗的位置，透过巨大的落地窗，能感受到冬日里的暖阳，能看见远处的操场和奔跑投篮的少年。临近考试，人反而踏实放松下来，中午去吃了一顿稍微需要花点儿时间的饭，吃完饭又很奢侈地慢慢走回图书馆。回到座位上，发现没合上的笔记的正中间，放着一张明信片。我四下瞧了瞧，周围还没什么人，便坐下来仔细看那张明信片。

乍一看并无特别之处。明信片的正面是一副我们学校的风景手绘，反过来，却是手抄的一首诗，节选了莎士比亚《十四行诗》中的几句。

"我的诗神怎么会缺少材料，
你生活着会注入我诗中。
你自己甜蜜的题材，
美妙不是庸俗稿笺所能吟诵。"

那是我无望而灰白的考研生活中最美好的一件事之一。我每天丧气满满地背书做题，扯着羽绒服袖口处磨出来的白线记单词，晚上图书馆闭馆的时候跟在人群后面安静地走。谁能注意到一个因为上火起了满脸痘、一整个冬天连羽绒服都没换的女孩儿呢？后来暗暗地想，也许有一个吧，是之前一直坐在我对面的男孩子，我做完题一抬头经常看见他练字，我去走廊背书的时候，他也拿起一本书去走廊里读英语，距离我五米之外十米之内。他的身影悄悄地陪伴了我一整个考研期。

虽然从未相识，但我依然感谢他。每次回想起来那一段考研的时光，我最先想起来的是莎士比亚的《十四行诗》和那天中午看见明信片的愉悦心情。至少这个陌生人的举动，让这一段经历对我来说再也不是灰暗无光的。

后来我去读了莎士比亚的诗和其他一些诗人的作品。其实没什么用，但是至少在读的那一刻，在唇齿相抵默念出来的那一刻，"风声呜咽过孤松"，灵魂"与落花一同漂去，无人知道的地方"。

生活是很艰难的，每个成年人的生活里都没有"容易"二字。但是诗呢，当我们读诗的时候，"诗从我们舌尖滑落，就像蜜糖"。那一刻，我们是脱离了生活里的苦的。

在没有酒的夜晚和你说说话

本科毕业前的那段时间里，很喜欢拎着啤酒去操场上吹风，找个地儿坐下来，慢慢地喝，有清凉的晚风吹过，就觉得生活很满足。一个人慢腾腾地走回去，影子被路边昏黄的路灯拉得老长。我时常觉得，那些肆无忌惮且有酒有肉的日子，才是我的青春。毕业前一晚，操场上的角角落落坐满了人，到处都是扎堆的啤酒和人群，我坐在篮球架下，拿着一罐微苦的日本清酒轻轻摇着。你隔着十几米远朝我招手，我也朝你挥了挥手，你拿着一罐啤酒走过来半蹲着，和我的啤酒碰了一下。

我笑。我说这么远这么黑你怎么能看见我。

你没回答，笑着说："兄弟一场，来，把酒干了。"

我继续笑，喝吧，以后还不知道啥时候能见面喝酒呢。

大口喝下，喉咙里有一种凛冽的清凉感。我晃晃啤酒罐，对你说："是不是一口闷，我够不够意思。"

你笑，一仰脖也把酒喝了，然后说了一些很俗气的临别赠言，就走去别的人群了。那些俗气的话，也是最真实的话。

之后的时间里，再也没有那样的心境去慢慢地喝酒，也再没遇见能一块儿喝酒的朋友。每次去超市，我也只是扫一眼货架上摆的酒，没有那种心情了。不知道你有没有这样的感受，饭局酒桌上的酒算不上喝酒，顶多是应酬、敷衍和虚假的游戏。和自己亲近、喜欢的人在一起喝酒才痛快。

我很久没喝酒了，不知道你是不是。几个月前喝了苏州这边的青梅酒，清甜糯软。像你这样喝惯了烈酒的人肯定不屑一顾。总觉得喝酒的时候，在酒精的作用下，人的语言和行为更带真意。但现在啊，原谅我在没有酒的情况下，在这样的夜里，和你说一些并不切肤的话。

你可能会疑问，为什么我要和一个久未谋面也甚少联系的人说话呢？我身边确实有亲近和投机的人，也可以坦诚相待倾囊而出。但是你知道我太爱面子了，我不想让身边人知道我过得不好；即使我过得不好，我一个人尚可以承受，但一旦有人对我嘘寒问暖，我就受不了了，就要流泪，委屈就会被无限放大。因为我们的关系像地上的人和天上的星星，所以无须其他的客套和寒暄，只要开门见山地说即可。

朱生豪在给宋清如的信里这样写道："总之是一种无以名之的寂寞，一种无事可做，即有事而不想做，一切都懒，然而又不能懒到忘怀一切，心里什么都不想，而总在想着些不知道什么的什么，那样的寂寞。"那天读到这段话的时候，为之一震。我大概就是这样的状态了。你是不是也疑惑当时为了考研每天坚持六点半起床去图书馆的我，何以懒散堕落成这个样子。我今日向你说这些，一方面是自责，一方面也是检讨。我最近压力确实很大，心里压着一件又一件的事情，不得喘息。我性子又急，自己又给自己不少压力。昨天晚上对着电脑，一边梗着脖儿工作一边对着电脑哭，若你看见我这个样子，肯定要笑得拍巴掌。我一直弄到十二点多，哭完了工作也做完了，自己起来洗了洗脸睡得很踏实。

我想你早就明白我是这样的人，即使再难，我哭着也要试一试。想起来本科的时候学习高数，我在数学上的资质向来愚钝，但还是不认输，一个人在自习室里做高数课本上的练习题，一边哭一边在本子上推算微积分，每一页上的演算都被泪水打得斑斑驳驳。我是个不会轻易放弃的人。想起来距离考研还有三天，我嚎着说不行不考了我考不上。你笑了笑也没安慰我。哭归哭，哭完我又去图书馆背政治了。

向你说这些并非无用，我提起来自己过往的这些事情，就又会多一分对自己的认识。哎，事情无穷无尽，可人生不就是一个"干"字吗，没别的。

昨天和一个朋友说起社交方面的困惑，我说我以前很在乎谁对我好谁对我不好，其实现在根本不care了。他说："其实你还是在意的，不然就不会和我说了。"我一时语塞。但现实确实是如今懒得像少年时那样费尽

· 171 ·

心力地去辨别谁的真心了。以前我觉得真心可贵，真心能换来真心，而且我也靠着那些相互交换的真心来抵抗生命里的孤独和迷惘；现在我不靠这个了。我根本不在乎了，别人怎么看我，我也不在乎了，我只想自己过得自由舒服一点，在一次比一次来得更盛大的孤独里，开出自己的花儿来。

但是其实有些时候，我还是希望有人陪着，能够记下自己一些细小的温柔的瞬间。比如今天穿了一件好看的衣服，或者是打了一把萌萌的伞。你不要怪我这么矫情，尽管以前和你们这些好玩的人勾肩搭背、嬉笑怒骂、喝酒吃肉，但说到底，我还是个女孩子，想要美艳、动人、理智、成熟，有时候也想要永远十八岁。

那天专业课上，老师让课后去做沙盘并拍照交上去。我在沙盘上摆了一座城堡，鲜花水果，还有很多明亮的玻璃球，四周有老虎、狮子、毒蛇这些猛兽守着。我在城堡前面放了一个穿着蓝裙子的小公主。我交上去的时候还对自己的沙盘加了说明：我希望自己是住在这个城堡里的小公主，有花有酒有月亮还有钱。再次上课的时候，我给旁边一个同学看我的沙盘作业，她笑得不行，说，老师看了这个肯定想这个同学怕是个傻白甜吧，哈哈。

我也跟着笑。

最近天气很冷，几天之内还会降雨。一想到还要隔很久才能穿夏天的裙子，就莫名地有点沮丧。第一本书很糟糕，也不敢寄给你让你看；第二本书费了不少力气，还有一点工作需要完成，答应我，这次买一本看一下，算我求你的行吗？这次写得好多了，真的。

就说这么多吧。其他的，等想起来更多好玩的事情再跟你讲。

祝一切顺利。晚安。

你的睫毛一张一合

有时间从头到尾看了一遍QQ空间，从2011年到现在，将近七年了。大半段的路是你陪着我走过来的，见证了我从一个懵懂幼稚的小女孩变成现在这样一个几近内敛和沉默的大人。很多事情总是超出我的预料和控制，这也是时常我会感到沮丧的原因，比如后来的我们莫名其妙、毫无原因地不再联系。

久未谋面，我也并不期待像歌里唱的那样在街角拐弯处的咖啡店里遇见你。我们不再有共同话题，身边的人也都换了一拨又一拨，除了客套的寒暄之外周遭尽是尴尬的空气，尽管你长长的睫毛依旧会一张一合，但是再也不能扑灭我、打开我，我再也不会因为你的长睫毛而感觉自己可以不吃不喝，一直这样活下去。

我听说细胞是有记忆的，你所经历过的欢喜的、难过的事情，它们都会帮你记着，成为细胞的记忆。但人体的细胞会新陈代谢，每三个月更换一次，随着旧细胞的死去，新细胞随之诞生。由于不同细胞代谢的时间和间隔的不同，将一身细胞全部换掉需要七年，也就是说，在生理上，我们每七年就是另外一个人，但脑细胞是不死的，你就是你，但你也不是你了。

再看好几年前的一些记录，我已经想不起来那些让我心情雀跃的明信片是谁赠予我，赐予我平凡生活中一些独一无二的欢喜；我也想不起来有些模糊而暧昧的句子到底是因谁而起，更无从追寻当时无话不谈的密友的下落。我尽了最大努力在脑海中一点点地寻找线索，但最终无果。事情至此，我才知道，有些事情随着细胞的消亡更迭也被时光的洪流吞噬，再也不能被想起来了。

我还是能想起来一些关于你的样子，好的，不好的，都能模糊地想起一点来。七年过去了，我也不是之前的我了，不再像当初十五岁的时候，坦诚而满怀期待。

　　诗人在纸上写道："有些话，想和你当面来说。有些话，想和你当面来沉默。"这些于我们而言都不再适合，我只能假想着手中的笔记本是当年手里紧紧攥着的诺基亚，而你就在电话那头安静地听着。我不再是当年说起事情就手舞足蹈语气激动的小女孩，一口气就能把所有的事情都跟你说完。现在我学会了分清轻重缓急，也学会了假笑和隐忍，你想不到的，我都学会了。这样是好是坏，我尚不得而知。

　　我们以前通电话的时候，常常彼此抱怨一些生活中微小的甚至还没有来到身边的苦，比如学业、未来、爱而不得。似乎青春里少了这些渺小而琐碎的愁苦就构不成一个少年人应有的青春。此后漫长的时间里，我也多次向你哭着诉说过当时的难，总觉得自己迈不过去那个坎儿，就那么一蹶不振了。可是现在回头看看，年轻人的难，能有多难呢？不过是被当时悲伤的情绪放大了所谓的苦，自个儿吓唬自个儿。倒是一直以来欠你一句谢谢，有谁愿意不厌其烦地安慰无知的少年呢？

　　在我后知后觉我们不再联系甚至连联系方式都默契地互相删除之后，有一段时间里，我很渴望能和你恢复如初，我经常下意识地去打开社交网站上的访客痕迹，看你有没有来看过我。同样是在那段时间里，我赌气似的，往空间里放许多和朋友在一起游玩的照片，假装自己过得潇洒快乐。有一天在访客记录里果真看见你的名字，突然有些激动，急忙打开自己最近发的东西，看完了长吁一口气，没什么毛病，那些曾经发过的状态让我看起来离开你也一样能过得很好。

　　从那以后，我的访客痕迹里就再也没有出现过你的名字了。你肯定不知道我为这事还伤感了一阵子。歌词里这样唱：能成为密友大概总带着爱，即使曾经彼此互有爱意，也不过是漫长人生中的一个不起眼的注脚了。之后我也像在乎你一样在乎过其他人，但后来我想通了，那就是，我再也不想在乎谁了，因为越在乎，越被束缚。

　　现在我们俩都从之前那段一言难尽的关系里解脱出来，能够说的东西倒突然宽泛起来。过去七年里的后半部分，你不曾看见我的变化，也不曾看见我被自己重塑成了什么样子。你料不到我喜欢上了喝酒，也肯定料不到我在北方待了几年之后又漂泊到南方。以前我总是固执地跟你说我以后一定要去北京，不知你现在还会不会像以前那样对我说："女孩子啊，那么拼干什么，北京压力那么大。"现在，北京对我的吸引力远不如从前，其他的城市也有其他的好，但我那种想做点什么的热情，还是一如既往。你懂也好，不懂也罢，都不重要了。

你看，我们每个人都是向前走的，搁到几年前，我很难想象自己走到现在写作的这条路上，并且将更为久远地走下去。一张桌子，一台电脑，一盏灯，对我来说就是整个世界了。有时候想想，命运、际遇、缘分，真的是让人无能为力的事情，少年时觉得很亲密的人，几年之后就彼此失踪在各自的世界里了。

我也曾到过几次你的城市，终于看到了你看过的天空，你走过的街道。空中那些交错的电线，人行道上排着队走过的叽叽喳喳的小学生，都是看见过你的吧。一个高高瘦瘦的男孩，变成一个高高瘦瘦的大人，再继续看着你变成一个或胖或瘦拖家带口的中年人。我这才发觉，我始终是不了解你的。你向来沉默，每次打电话都是我在这头像小鸟一样不停地说，你只是偶尔插句话，让我明白你一直都听着呢。也许你也曾经想表达一些东西，但是那时的我粗钝自私，并未曾留意过。

一如现在，我在键盘上噼里啪啦地打字，想象着你还在听着。

那些老生常谈的问候就不要说了，过得好或不好，彼此都无须知道，即使知道了谁也不能去拯救谁。嗯，被我养死的绿萝又发了新芽；镜子碎了又买了新的；认识了新朋友；瘦了，头发也长了。

最大的遗憾啊，是没能和你好好告别，大家跟比赛赌气似的，后来谁也不理谁了。不过人来人往，总有人能替补上空缺，也没什么值得抱怨了。最后，再祝你一切都好。

你的睫毛一张一合。打开我。扑灭我。

细胞更迭完成。

你的睫毛一张一合，再也不能打开我，扑灭我。

能治愈你的，只有自己啊

　　在当下的生活里，我们被很多东西禁锢在房间里或者是座位上。尽管我们的桌子上往往摆了绿植，比如垂下长长枝条的绿萝，比如模样讨巧的多肉。在冰冷的物件之间抬眼看见这么一点儿绿色，就觉得心里敞亮一些。但是在房间里待久了，会无端生出来一些让人难过的情绪，有人称之为丧。有时候会自己也分不清这是一种什么样的心情，只是觉得厌离心生，一切都觉得毫无意义。一旦这样的情绪滋生，它就如同一条大蛇，盘踞在你周边的空气里，张着血盆大口，把你整个人一点一点地攫取进腹中，直至有一刹那你甚至感觉到了无生趣。

　　当被这条蛇吞进腹中的时候，有的人不想说话；有的人无精打采，只想找个地方躲起来；有的人只想躲进酒精筑成的梦幻王国，寻求暂时的欢乐；有的人会落泪，说不上为什么毫无缘由地掉眼泪。

　　我有时候也会这样，毫无缘由地丧起来，告诉身边的朋友："我觉得自己有点丧。"看见朋友们回复的"你怎么了，为什么不开心"这样的话，仔细一想，其实自己也并没有很难过的事情或者是也没有正在经历异常难熬的时刻，就是一种……说不上来的情绪低落，想仔细说说又怕别人觉得自己矫情，于是有时候选择背着人哭一下，捱过去就好了。

　　这个时候需要有人理解，可也最怕别人的安慰。就像一只小兽，躲过了陷阱和天敌，自己藏在树洞里舔舐伤口，恢复好了继续在森林里不声不响地生存着；但一旦有人来嘘寒问暖就受不了了，自己就会把一些难过的事情放大，即使当时有人可依，有人理解，但生命漫长，缘分不定，我们不能一直期望借别人的火取暖，大部分时候，我们需要自己一个人来面对生命中落下来的雨和雪。

现在我依然会感到间歇性丧，但我不再任由其摆布了。处在丧情绪里的人本来就如同溺水的人，而顺其自然更像是往自个身上拴了几块石头，一沉到底，一蹶不振。这时候强迫自己站起来走出去，哪怕只是围着自己住的地方走一下，再买点东西吃，也甭管会不会胖。

有一天，我觉得自己很丧，丧到连甜食都不能拯救我。我走出门，约了一个朋友，去水果店买了一兜杨梅和荔枝，然后提着水果，边吃边走，走无人注意的小径，把自己当成一个小朋友，在公园的梅花桩上蹦蹦跳跳撒个野；从路边的李子树上寻几颗李子，揪下来一颗玲珑的紫色小球状的李子，"咔嚓"咬一口，未成熟的苦涩在唇齿间弥漫开来，马上把手里的李子丢得好远，被苦到龇牙咧嘴却有一种好奇心满足的愉悦感；去人迹罕至的草地上走一走，疯长的草丛匍匐在地上，如同一片绿色的汹涌海浪，把地面上的一切都吞没，只给人留下自己松软的脊梁，踩上去，像是踏在厚厚的地毯上，虽然有种说不出来的舒服，却也让人觉得心虚，生怕下一步，踩下去就会再也拔不出来。我像逃兵一样狼狈地跑过草地，走到公园的小径上。小径两边是生长了很久的树，抬头一看，两边的树似乎早已经喜结连理了。树枝之间相互交错，遮天蔽日，只有一丝丝光从细小的缝隙里透进来。走在其中，让人觉得像是走在一片远古的未被开发的丛林里。

路上遇见了几只流浪猫，一只白猫和一只黑猫坐在草丛里在互相对峙，看起来像是在争地盘，又或许只是因为流浪无事可干只好拿同伴来消遣。我轻手轻脚地向一只猫走过去，它疾速地退后几步，瞪着机警的大眼睛，流浪猫的特质在这个时候暴露无遗。我没有动，它也没有动，它淡黄色的眼睛依然盯着我，我突然有点儿羞愧——手里没有能够投喂的食物，于是我率先投降，慢慢地离开它。

走得有点累了，我就坐在石凳上休息，其实这会儿的心情已经好了很多。杨梅流出来的汁液把手染得通红，我一边吃一边听坐在旁边的朋友说："你看植物好辛苦，为了活下去，要把自己打扮得好看又好吃，才能让别的动物注意到，把种子带到别的地方去。啊，荔枝这个家伙，皮有点硬，但是谁能抵挡住它的好吃呢……"

听他这么说，我笑起来："照你这么讲的话，植物都这么努力地要存活下去，生而为人，应该更努力才是啊。"

回去的路上，我已经完全好了，元气满满的，像一个斩杀了恶龙凯旋的骑士。

有时候人的情绪是会生病的。也许身边会有密友，但在无人陪伴的时候，你要学会治愈自己，你要学会倾听自己的内心，你要学会为自己看病把脉。不把自己的喜怒哀乐寄托到其他人身上，再面对诸如此类的情况的时候，自己就会多了一份坚实的力量。

你知道，这份力量来自你自己，你能够治愈自己，你能够扫净落在自己生活里的雪。

劫波渡尽，桃花满坡

　　"劫波渡尽，桃花满坡"是我在一个自媒体人的介绍里看到的，看到的那一刻，就热烈地喜欢上这句话了。让我想起一个人在光阴里长途跋涉，经历了种种，终于抵达了他心里那一片愿意用一腔热血来致敬的土地，一抬眼，只看见满坡的桃花开得妖艳生辉。被握着的水壶从旅行者手里突然落下，他蹒跚着走向这满坡桃花。往昔的艰难困苦，在这一刻，都不复存在了，眼前只有花。

　　后来我给人写寄语的时候，时常用上这句话。我早就明白了人生到底还是苦痛居多，欢乐不过是点缀其中。"万事如意"诸如此类的话，太过理想而不切实际，而祝福一个人在度过生命里必须经过的劫数和迷茫后，能够绝地逢生，柳暗花明，与美好遇见，就像看见满坡桃花绽放，才真的有着真挚而怜惜的深情。

　　回想自己一路走到现在，才发觉，自己又何尝不是那个看过满坡桃花的人呢。

　　前些日子为了完成作业，和小组里的同学一起去机构做调查，做完调查坐在一起吃饭，席间大家聊天，说起来作业，"喝完这杯，还有一杯"，大家苦笑。谈笑间说起当初备考的时候只觉得考上就万事大吉一切无忧了，没想到考上之后繁重的作业和课程更让人想逃，可是逃到哪儿去呢，还不是硬着头皮顶上去，一个字一个字地码论文，一点一点地着手做项目。每个学期都有那么一个黑色时段，熬过那段时间，看班里同学在朋友圈发的状态，个个都像从地主手底下获得自由和粮食的长工似的。

　　时间是一条长河，属于本科四年的那一段，河面上雾气茫茫，只有零星几个记忆的河灯孤苦伶仃地亮着，在缥缈中一闪一闪。那些是改变了我整个人生轨迹的事情，比如减肥，比如写字，比如选择考研，比如决定从人群里抽离出来。

你知道人是在人生的哪个节点上开始变得强大的吗？是在攥紧拳头下定决心要改变的时候。从那一刻起，就是在和过去告别。和过去的自己告别，像彻底离开一个人那样艰难，熟悉的气味、喜好、习惯都要统统抛弃，然后自勉着一步一步地朝前慢慢走，有时候你并不知道自己的改变会带来什么，也许是好的，也许是坏的，你也不知道自己能不能承受，但一旦做出了决定，其实就没有回头路了。

我减肥的那段时期，也是我对自己最狠的时候，总觉得对自己残酷一点，现实就能对我温柔一点。我每天早晨到食堂只买一杯粥，然后拿着边走边喝去教室；挨到中午，只吃点儿青菜了事；晚上喝点水就去操场跑步，跑很久很久，跑到两腿发软，像是踩在棉花上。有时候我跑完用手抹干净脸上的汗水，脚步缓下来，几乎要一下子跪到地上。这还不算，接着去操场边的单杠上压腿拉筋。刚开始的时候筋骨很轴，腿抬都抬不上去，硬撑着把筋骨一点点变软，每次拉筋都能疼出一身汗来，而脸上已经分不清是泪还是汗了，而刚被晚风稍微吹干一点的衣服，又一次湿透。

经历过这些之后，我在两个月内暴瘦，瘦到和熟人在学校的路上遇见，对方反应了六秒钟才认出我来。我不得不承认，变瘦以后的世界很好，而我也学会了尊重自己的欲望，那就是，希望自己变得更好，想要更好的，就努力去追求去改变，不要觉得别人都不要就压制着自己的欲望而默不作声。胖当然也有胖的好，但是瘦下来更好，为什么不去改变呢？熬过去饥饿、想放弃的时刻，瘦了以后，我对着镜子比画着那些变得肥大的衣服，心里无比的开心，满坡的桃花轰然绽放，那些花瓣展开互相碰撞的声音，我听得清清楚楚。

后来我开始断断续续地写一些称不上文字的字，记录生活里的感动和冷暖，在温暖自己的同时，也吸引了一些相同脾味的人，嗯，套用诗人海桑的一句诗："他们和我一样，都是生存在人间里的稀有物种，善于发现美和小确幸。我们萍水相逢，彼此就明亮起来。"看我写字的人渐渐多了，还有的人会给我留言说"每天晚上都会看哦"，不知不觉间，生活里一项自娱自乐的事情变成了压在肩上的责任，我为了那些等着看的人，必须要坚持每天都写东西来更新。每天走路的时候，吃饭的时候，看电视剧的时候，睡觉之前冥想的时候，都在想今天要写什么，今天写完了明天要写什么。考试周的时候在图书馆背完了书还要跑到学校机房里写东西。那时候我不过是个二十出头的年轻人，到底能有多少故事呢。有一段时间，我觉得要把自己掏空了，对着空荡荡的电脑屏幕，一个字也打不出来，想搬起电脑摔到墙上，然后躺床上一觉睡到冬天。

后来我还是坚持下来了。我挺感谢我自己身上的这种不太容易放弃的性格，又断断续续地写，也成了那种在一些小众的写作软件上拥有一些粉丝的人，他们向我说"爱你""支持你""每一篇都会看，会永远支持你"……对于这样的好意，我其实是诚惶诚恐的，我不知道怎么去回报，而且我觉得我写的东西还没有达到我想要的高度。就这么一边自责一边写着，有一天收到了一位编辑的邀约，从而有了我的第一本书。

尽管那本书我现在不太想提，因为是几年前的一些心路历程，所以难免幼稚或者可笑，而且一些价值观也发生了改变。但是那本书对于我来说，依然是人生中一件非常重要的大事。我记得签了合同的那天，我装作风轻云淡地在朋友圈发布了这个消息，然后躲在屏幕背后看越来越多的赞和评论。喔，我提前实现了一个人生理想。书出版的过程并非像我想的那般容易，这是后话。熬过去一件事，后面还有更多的事情等着来熬你，不过在渡尽一个劫之后，能看得见人生突然满坡桃花，就值得庆幸和感恩了。

考研对我来说，依然是人生里非常重要的一个分水岭。选择的时候，在北大和人大之间纠结，天真烂漫，并未考虑能不能考得上的问题。因为北大要看的书太多，于是转而投向人大，买了复习资料，从此开始了长达半年的苦旅。暑假的时候学校图书馆不开放，于是找个教室作为学习阵地。北方的夏天酷热而漫长，阳光仿佛能穿透屋顶杀死每一个生物。教室里的电风扇慢悠悠地转着，毫无作用。我坐在教室里，不一会儿衣服就贴在身上，像披了一件湿淋淋的盔甲，难受得很。在教室坐了一天之后，腿开始莫名地水肿起来，我眼见着自己瘦下来没多久的腿水肿得像两个萝卜，晚自习走回去，双腿沉重得像绑了沙袋。

有一次天津下暴雨，整个城市都被淹没在一片汪洋里，学校像是漂浮在水上的一座小岛。那天的早晨昏暗得像是即将卸任的黄昏，我打着伞，脱了鞋，光着脚蹚水走去自习室，路上一个人都没有，电闪雷鸣，大风把我的伞骨折断了好几根。我正低头走着，突然瞥见有一只死鸟抑或是死老鼠从我脚边随着急流的雨水飘过去。我一下子哭出来，想哇哇大哭。我一边哭一边淌着水走到自习室。自习室里就四个人，一人占据了一角，各自埋头做题，像四座狮子雕像。

就这么向前走着，等到距离考试还有三天，我突然反应过来，妈呀，我考的可是人大啊，我考得上吗？反应过来瞬间万念俱灰，不想去图书馆，躲在宿舍看视频打发时间，又觉得付出了那么久的努力不甘心，裹着被子哭，哭着哭着就睡过去了。睡醒了洗个脸，又不声不响地继续背专业课，背政治。

考研的时候我瘦了胖，胖了又瘦，到最后整个人就是一根在弓弦上一触即发的箭。考试三天，写字写废了手。考试结束的那天，是圣诞节，别人都如释重负地吐了口气，我坐在公交车上，一路是哭着回去的，我觉得我完了。

后来结果出乎意料。排名也不算坏，尽管复试的时候跑错了考场，面试的时候对着老师紧张到说话磕磕巴巴还笑了场，入学的时候还拿到了奖学金。

人生就是一个一个劫数构成的，过完这个，还有那个。而我翻过了这座山，虽然山的那边还是山，但好歹这边风景不错。

我决心从人群里抽离出来的时候，是我发觉我很难真正去融入某个集体或者小团体，假装自己在这个集体里玩得很开心，又往往很累。我以前很在乎人际，现在我不在乎了。越在乎什么，越被什么束缚。我的前二十年都因为这个迷茫、纠结和难过。我本身是个不爱说话也不擅长交往的人，老友来来回回就那么几个，我喜欢简单和明白。当我真正决定从人群里抽离出来，冷静地坐在一边，看着他们狂欢，做我自己喜欢的事情，我感到人生无比轻松。我不再把我的喜怒哀乐寄托到别人身上了，这让我有一种前所未有的安全感。

我二十三岁。我知道我还年轻得很，以后的人生里还有无数个劫。但是又如何呢？那些打不倒我的，依然打不倒我，而那些能够打败我的，我已经不在乎了。人生还很长啊，我经得起锤。

怕什么呢，劫波渡尽，才能看见桃花满坡。

至死也是少年

忘了是在哪个城市的地铁上，我曾看见过一个身着白衣的少年，他倚在地铁的一角，从白衫里露出的手臂上纹满了互相缠绕的莲花，原本稍显瘦弱的手臂，那一刻竟然因为红色的莲花而熠熠生辉。我很难再忘记了。从此，在心底最深处有一棵小芽芽暗蘸蘸地萌蘗。何时我也能放心大胆、无所顾忌地在手臂上纹几朵并蒂莲或者玉兰呢？

我是一个相当缺少勇气的人，从大一开始就想把头发染个别的颜色，结果大学毕业了，研一都快结束了，头发还是原本的色儿。看见别的女孩子染的烟粉色头发会赞叹羡慕，但还是没有勇气走进理发店。在生活中，我有很多这样"不敢去做一件事"的时刻。细究起来，是害怕长辈的责备，也害怕自己成为人群中被关注的焦点，也受缚于一些隐形的条条框框。

那天我在朋友圈里发了一条状态，我写道："等我退休了，谁也管不住我了，我就去纹个花臂，老虎戏水，荷花明媚。"是谁也管不住我的那个时候，等到我自己成为某些人的长辈，等到不再束缚于某种体制，不再疲于奔命，真正自由的时候，那时候，我要做很多很多的事情，可是，也不是少年时了。

我一度把自己的这种自卑或者羞怯归因于自己的性别，如果我是男孩子，我可能就有勇气在当下去做很多事情。我觉得随着年龄的增长，有一种东西是在隐秘而不动声色地消退的——少年心气儿。那种说走就走、说干就干的冲动感和热情正随着时间的流逝一分一秒地减少；我逐渐变成了一个做事之前要思前想后、看起来有些稍微谨慎而思虑重重的人——这终于使我看起来有了大人的样子，但我并不知这是好是坏，有很多事情，我以前能够满怀火热的感情义无反顾地去奔赴，现在可能要考虑很多因素再做决定了。所以，我就更加渴望能够长久拥有那种少年感——永远热情、永远年轻、永远热泪盈眶。

所有的人都拼命地往前跑，往上爬，你说为了什么呢，是为了不再害怕。不再害怕生活，不再害怕比较，不再害怕分离，不再害怕生病，不再害怕房价，自由而坚定。后来我才明白，原来所有的人失去少年感以后，又用其终生的时间来追寻这种少年感，所有的努力和奋斗都不过是为了回到最初的那种自由——少年时的无忧无惧和义无反顾的热情。

现在的我会下意识地珍惜自己身上残存的一些少年气儿，有时候也任性地全凭冲动去做一件事情，或者尝试对一件事情满怀着好奇和热情，用心感受生活中的点点滴滴，竟也收获了比别人更多的感悟和经历，也终于学着要挑战自己突破自我，去染几缕雾蓝色的头发。

我以前跟朋友说，我绝不要优雅地老去。我就算是老了，也要穿各种好看的裙子，紫色格子的男友风上衣、白裙子，管它搭不搭；也会喜欢长得好看的男孩子，从他们身边走过去的时候吹声口哨当个为老不尊的女流氓也没什么不好；退休金都拿来买各种酒和花以及各种好看的鞋子。逛街走累了我就直接往马路牙子上一坐，兴许再点根烟，朝偷偷看我的小兔崽子翻上两个白眼；下雨了我就趿拉着拖鞋散步，偷偷摘几朵别人花园里的花，放在鼻子上闻闻，再一点儿也不优雅地扔掉。饿了，我要么一口气吃好多肉，要么就喝一个星期的酒。我要在手臂上纹上最爱的白兰花和能够记起来的被我伤害过的男孩子的名字。

要经常喝得烂醉然后大声背《十四行诗》，惹得邻居敲门投诉自己，报复一下青春年少时的不敢做不敢当。

可是现在呢，我还正襟危坐，不拖作业不骂人，努力竖立一个好榜样。或者应该从现在开始多练一练，不向生活妥协，努力做一个大龄少年。要记得，成熟不是变得圆滑，而是用一个更大的圆把自己的棱角包裹起来，你心里明白，自己的锋芒——那种对于美好事物的敏感性和热情——永远都在。至死，也要是个少年。